El último clóset
Ani Palacios

El último clóset
Todos los Derechos de Edición Reservados
© 2016, Ani Palacios
Pukiyari Editores

ISBN-10: 1-63065-054-4
ISBN-13: 978-1-63065-054-4

PUKIYARI EDITORES
www.pukiyari.com

A la memoria de Frydel
y a las valientes mujeres guerreras
que nos inspiran a seguir adelante
luchando con una sonrisa

«¿Piensas en suicidarte?», preguntó el formulario frente a ella.

Yesca se detuvo en el signo de interrogación. Avergonzada, miró hacia los costados. *¡No! No… ¿Yo? No… No sé… No sé por qué traes a colación algo tan cruel*, pensó.

«¿Piensas en suicidarte?», las palabras en la hoja se sentían pesadas, imponentes, abrumadoras. Yesca las ignoró. Puso el papel boca abajo. Levantó la vista para olvidarlas.

Una mujer sentada frente a ella sollozaba quedito, sus ojos cerrados, su mano trenzada a la de su pareja. Él miraba hacia abajo. A su lado, un hombre barbudo pasaba con nerviosismo las páginas de una revista de modas; de rato en rato sobando el lado derecho de su cuello con sus dedos gordos. Unas gotitas de mermelada de fresa asentadas sobre su bigote atrajeron a una mosca que aleteaba sobre el manjar sin percatarse de que una de las enfermeras se aprestaba a liquidarla de un revistazo.

«¿Piensas en suicidarte?», inquirió persistente el folio echado boca abajo.

Qué carajo de impertinencia de pregunta, murmuró Yesca y volteó el papel. Volvió la mirada al formulario y a la interrogante perturbadora.

Las letras se expandieron frente a sus ojos, se convirtieron en mayúsculas y ocuparon todo el espacio dentro de la carilla.

«¿PIENSAS EN SUICIDARTE?», gritó amenazador el formulario. Una pregunta, un reto, ambos.

«¿SUICIDARTE?». «¡SUICIDARTE!». «¡¿SUICIDARTE?!». Saltó la palabra al espacio en la recepción. Se convirtió en un ente, la empezó a arrinconar, a quitarle el oxígeno, gritando hasta que le contestara.

Una anciana tosía convulsivamente. Yesca volteó, se puso las manos sobre el rostro para protegerse de los temidos microbios que se disparaban como fuegos artificiales en el área.

«Míranos Yesca. ¡Míranos de inmediato! ¿Piensas en S U I C I D A R T E?», protestaron las palabras al sentir la leve distracción.

La anciana se atoraba a su lado. La enfermera continuaba la cacería de la mosca. Dos asientos hacia la derecha, un hombre tosía también. Su tos era ronca, bañada en flema que reabsorbía de rato en rato y entre ataques de tos.

Yesca podía sentir los gérmenes volando hacia ella, depositándose en su cabello, en la cartera que colocó sobre el suelo de madera, en las secciones de su ropa que tocaban el asiento en donde reposó, de pura germofóbica, solamente la mitad de las nalgas, de modo que no tenía que tocar la cochinada que imaginaba dejaron allí los cientos de personas que se sentaron en aquel lugar antes que ella.

«¿SUICIDARTE?». «¡SUICIDARTE!». «¡¿SUICIDARTE?!». La palabra se asentó sobre ella, empujándola sobre el asiento, achicándola, cobrando un tamaño descomunal.

Atrapada y casi sin poder respirar, Yesca escribió en letras pequeñas: «sí».

La palabra la acogotó más, parecía descontenta con su respuesta y dispuesta a ahorcarla hasta que dijera la verdad.

«¿PIENSAS EN SUICIDARTE?», vociferó el formulario. No la dejaría en paz hasta que confesara.

Solamente todo el tiempo, pensó Yesca.

El teléfono al lado de la recepcionista no dejaba de timbrar. Frente a la ventanilla, un hombre moreno y joven despachaba con sus empleados como si estuviese en su oficina. Tenía uno de esos teléfonos celulares tipo radio de *walkie-talkie*. El ruidito entre llamadas alertaba a Yesca de la llegada, la reventazón, de una ola de emociones inciertas. El hombre hablaba al volumen más alto que podía. Al menos eso era lo que Yesca sintió. Saludaba. Se despedía. Recibía otra llamada. Subía el volumen de su voz un poco más, si eso era posible, y salía hasta la puerta del consultorio; pero igual se escuchaba todo lo que decía. *Nada trascendente*, pensó Yesca. *De lo contrario, haría esas llamadas en la privacidad de su oficina, a puerta cerrada. No. Este quiere que sepamos que él es importante.*

El teléfono no cesaba de aullar al lado de la recepcionista. Ella lo dejaba timbrar tres veces y luego levantaba el auricular y contestaba con esa voz de entusiasmo falso de aquellos que atienden temas minúsculos el día entero.

El recibo. La hora de la consulta. La agenda. La dirección del consultorio. Gracias. Próximo. Repita. Repita. Repita.

Y el teléfono siempre sonando.

¿Escucharía ese timbre camino a casa? ¿La perseguiría en sus sueños?, Yesca se preguntó. No recordaba ser tan sensitiva antes. *¿Cuándo era antes? ¿Cómo era antes?*

Una joven se acercó a la ventanilla. La enfermera de adentro salió para llamar al siguiente paciente: «Mireles», dijo y se quedó parada al lado de la puerta.

La señora Mireles entró. El resto se miraron desconcertados, casi tristes.

La joven que había estado en la ventanilla se sentó a llenar los papeles. Sacó de su carterón una bolsita plástica transparente, llena hasta el tope con lo que a Yesca le parecieron cientos de remedios en botellitas de medicinas.

¿Tan mal puede terminar uno?, se preguntó. *No quiero vivir pendiente de qué remedio me toca tomar*, se dijo. Y respondió: *Yikes! ¿Y eso? ¿Qué es Yikes?*

Yesca regresó al formulario. Pensó de nuevo en la pregunta. «¿Piensas en suicidarte?».

Hasta en mis sueños, se dijo.

Finalmente tachó el «sí» que confesó en letras pequeñitas y escribió: «Últimamente, no». Las malditas palabras con intenciones asesinas «¿SUICIDARTE?», «¡SUICIDARTE!», «¡¿SUICIDARTE?!» habían encontrado morada en las paredes del recinto y desde allí refulgían maquiavélicamente.

Yesca leyó la frase escrita sobre el papel. «Últimamente, no». *¿Me miento hasta en esto?*, se dijo apenada. *Pero es que revelar ese deseo tan íntimo sería como desnudarme en público. ¿Y si me toman en serio y me meten al manicomio?*, se preguntó, dudando de la eficacia de declarar la respuesta ambivalente. *No puedo*, se dijo, y tomando el bolígrafo con fuerza tachó su respuesta con tanta furia que le hizo un agujero a la hoja.

Los pacientes en la salita detuvieron lo que hacían para fijar su atención en Yesca. La mosca aprovechó la pausa para escapar la casi inevitable muerte.

—¿Qué? ¿Qué? ¿Nunca han visto a alguien escribiendo apasionadamente? Me equivoqué, ¿y qué? —dijo Yesca, sintiéndose ofuscada por la atención de los seis pares de ojos.

—Che... —fue todo lo que el barbudo acertó a contestarle antes de regresar a su revista de modas y a pasarse los dedos sobre el otro lado del cuello hasta dejarlo colorado.

La enfermera dejó la revista sobre la mesa y mirando su lista llamó al siguiente paciente:

—¿Yesca Limón?

—Soy yo.

—¿Yesca? Sígueme. ¿Me entregás eso, por favor? —contestó, alargando la mano para recibir el formulario.

Yesca se levantó y empezó a caminar detrás de la enfermera. El resto de pacientes se miraron tristes.

Mientras seguía a la enfermera por entre lo que le pareció una maraña de pasadizos oscuros se sintió hipnotizada por las caderas bamboleantes, exageradamente curvadas en la cintura, como si durmiera encorsetada con una faja que obligara al cuerpo a redefinirse dentro de ese ceñidor que de seguro cortaba el flujo de oxígeno, haciéndola más atractiva a los ojos pero tal vez robándole lo que la podría hacer quizá más interesante: su capacidad de pensar.

La enfermera se detuvo en la última puerta y tocó suavecito con los nudillos. Mientras esperaba, se pasó las manos por las caderas y se subió un poco la falda.

—Un momentito… —respondió una voz masculina desde adentro.

Paradas frente a frente Yesca tuvo la oportunidad de mirar el rostro de la enfermera. Sus labios carnosos contrastaban con su nariz esquelética. Un cerquillo juvenil enmarcaba su rostro, restándole años a lo que era una mujer mayor. La observaba casi con fascinación. Sentía que la conocía... Pero, ¿de dónde...? De pronto la recordó. Era ella. Lo supo en sus huesos desde que la vio en la sala de espera. ¡Sabía que de alguna manera estaban relacionadas!

—¿Lore? —dijo esperanzada.

—¿Quién? —respondió la enfermera mientras se arreglaba el cabello y se pasaba un lápiz de labios.

—¡Lore! Soy yo... ¿no te acuerdas de mí? ¿Fuimos a la universidad juntas...? —Yesca contestó confundida.

La enfermera la observó en silencio por un instante. Quiso mentirle y decirle que en efecto era su amiga Lore, pero consideraba que el doctor tenía la razón cuando señalaba que disfrazar el problema no arreglaba nada.

—Mi nombre es señorita Alicia. Ya vas a entrar a ver al doctor y todo va a estar bien. El doctor es bárbaro. Te va a curar, ya verás...

—¡Lore! ¿Por qué me niegas? Soy yo, Lore, tu amiga...Tu amiga... ¿Yesca? —contestó, sintiéndose profundamente contradicha. Estaba casi segura de que aquella enfermera era su amiga.

—Pasen —interrumpió el doctor abriendo la puerta a su consultorio.

—Yesca Limón, doctor… —dijo la enfermera son-
riéndole al médico mientras le entregaba el delgado ex-
pediente y acomodaba a Yesca en un sillón.

—Ese no es mi nombre… —afirmó Yesca intranquila y se levantó para salir de la consulta—. Si no me
quieres reconocer, yo no le quiero hablar a tu doctor-
cito… Lore.

El doctor y la enfermera intercambiaron miradas
confundidas.

—Yesca: esta es la señorita Alicia Carpacho. La
señorita Alicia es una enfermera. Por favor toma
asiento, que ahora te toca hablar conmigo. ¿Estamos?
—dijo el doctor, interceptando a Yesca en la puerta—.
Si quieres hablar con ella cuando terminemos nuestra
sesión, la puedes buscar en la recepción. La señorita
Alicia se va a ir ahora y va a cerrar la puerta. ¿Estamos?
—continuó, ayudándola a sentarse.

—Mentirosa… Tú sabes quién soy yo. Tú sabes y
te estás haciendo la que no me reconoces… —Yesca
murmuró hundiendo la cabeza entre sus manos.

El doctor se acercó a ella. Yesca se levantó de un
respingo, agitada por la cercanía del extraño, lo miró
tratando de ubicarlo en sus memorias, pero el hombre
frente a ella equivalía a un completo desconocido.
Frustrada con su incapacidad para recordar, decidió
limpiar el asiento con el revés de la manga derecha de
su blusa y sentarse nuevamente en silencio.

El doctor Leandro Giannini era un hombre joven.
Se había graduado de psicólogo entre los primeros de

su clase en la Universidad de Buenos Aires. La psiquiatría la estudió en Yale. Sus paredes estaban repletas de lado a lado de fotos, de diplomas, de certificados y membresías profesionales. El doctor Giannini se enorgullecía de su carrera, pero fue esa sonrisa forzada en su rostro, la que lo hacía aparecer como que iba a vomitar en cualquier momento, lo que hizo que Yesca dudara enseguida de su habilidad para devolverle los recuerdos que parecían habérsele escapado por completo de su vida.

—Yesca, querida, ¿sabés por qué estás aquí? —preguntó el doctor.

—Si usted no sabe, estamos en problemas doctor... —titubeó.

—Yo sí sé, Yesca. Lo que quiero es que tú me digas en tus propias palabras. ¿Por qué piensas que estás en esta cita, en este consultorio? ¿Por qué has venido a verme? —contestó, sentándose en una silla cerca de ella.

—Porque el otro doctor en el hospital me dio de alta, pero me subió a un taxi y me trajeron aquí. Y esa señorita que usted llama Alicia, pero que yo sé que es Lore... —prosiguió.

El doctor la interrumpió.

—No quiero que te preocupes por ese tema en este momento, ¿me entendés? —dijo acercando la silla hasta casi tocar las manos de Yesca que reposaban con los puños cerrados sobre sus piernas.

—Su enfermera. La que usted dice que se llama Alicia pero que yo sé, yo sé con todo mi corazón que es mi amiga Lore, lo único que no recuerdo quién es Lore o por qué es mi amiga… —murmuró bajando la cabeza—. ¿Quién es Lore, doctor?

—Yesca: concéntrate en la pregunta y la pregunta nada más. Mírame a los ojos y concéntrate —dijo, topando levemente sus rodillas con las de Yesca.

Yesca reaccionó:

—La enfermera, Alicia… o sea Lore… me trajo hasta este consultorio… —contestó.

—¿Y por qué estabas en el hospital? ¿Recuerdas qué pasó? —preguntó el doctor—. Yesca: presta atención. Tienes que ayudarme si quieres recuperarte.

—¿Estaba en el hospital porque no me sentía bien? —contestó. No recordaba los detalles, pero sabía que se sentía avergonzada por lo sucedido.

—¿Quieres que te diga?

—¿Qué? —contestó mirando al doctor ruborizada.

—¿Quieres que te diga por qué estuviste en el hospital? —dijo acercándose un poco más.

Yesca lo miró. Lo que más quería en este mundo era entender lo que estaba pasando, por qué sus pensamientos aparecían borrosos y sus recuerdos ya no estaban donde debían estar.

—Tengo miedo —confesó.

—¿De qué? —contestó el doctor, tratando de acercar sus manos a las de ella, hacerle sentir la conexión, algo que le diera ánimos de abrir esa compuerta, de desahogarse.

Yesca puso sus manos a los costados de la silla.

—No tengas miedo, Yesca, estoy aquí para ayudarte a recuperarte. Sabes que estuviste en el hospital...

—Sí.

—¿Recuerdas lo que sucedió antes del hospital?

—Sí.

—Decime. Si lo puedes expresar en voz alta, significa que lo estás aceptando y estás lista para trabajar en tu recuperación —respondió el doctor, inclinándose en medidos incrementos hacia adelante.

—Creo que el nombre de ella es Lauren... ¿Por qué un nombre en inglés? ¿Por qué sueno tan diferente de ustedes? —contestó Yesca regresando a su interés en la enfermera.

—Dime lo que sucedió antes del hospital. ¿Por qué estabas en el hospital? —preguntó el doctor, colocando su mano cerca del regazo de Yesca—. ¿Dime tú, por qué crees que tienes un acento extranjero?

Yesca lo miró. Sentía que sus ojos se disparaban en todas las direcciones al mismo tiempo. Su pierna temblaba y sus manos sudaban frío.

—Si no quieres decirme eso, decime por lo menos qué es lo que escribiste aquí. ¿Qué fue lo que no quisiste que nadie sepa? —dijo mostrándole el formulario con la respuesta acerca de su intención de quitarse la vida tachada—. ¿Sabes que si pongo el papel contra la luz puedo ver lo que escribiste? —dijo levantando el papel hacia el foco en la lámpara mientras miraba a Yesca de reojo.

Yesca lo observó sin reaccionar. Una marea de ideas empezó a inundarle el pensamiento, absorbiéndola, revolcándola dentro de los tumbos, permitiéndole respirar únicamente cuando la ola llegaba hasta la orilla de la realidad ahora distorsionada por la espuma del agua salada que a ella se le hacía amarga.

"Popeye nació en Japón", la tonada empezó de nuevo a dar vueltas en la cabeza de Yesca. *"Debajo de un zapatón"*.

¿Por qué es que Popeye nació en Japón...? ¿Y cómo puede alguien nacer debajo de un zapatón?, se preguntó. *¿De dónde vienen estos pensamientos... sin ton ni son? Esto me está sucediendo con más frecuencia de lo que me gustaría admitir. Sin ton ni son, sin por qué, sin para qué. Pensamientos que no vienen al caso, cruzando mi mente, ocupando mi cerebro, mi computador personal, el lugar en donde debería estar dándole vueltas a los pensamientos más alturados, discerniendo el porqué de la vida. Y sin embargo aquí estoy, una vez más pensando en Popeye, en el país en donde nació, Japón, y la localidad extraña de su origen: un zapatón...*

—¿Cómo es que alguien puede nacer debajo de un zapatón? —le preguntó al doctor en un momento impulsivo.

—No me has contestado por qué tachaste tu respuesta. ¿Piensas que intentarás suicidarte de nuevo? —preguntó el doctor mostrándole una vez más el papel.

—Popeye nació en Japón... debajo de un zapatón... —empezó a cantar.

—¿Por qué crees que estás pensando en esto, Yesca? Eso es lo que te deberías estar preguntando —contestó el doctor, intentando regresarla de a poquitos a la pregunta original.

—Ajá… —dijo Yesca, silbando la tonada y levantándose para brincar por la consulta. Parecía relajada, alegre con su interpretación de la música de fondo de los dibujos animados de su infancia.

Viendo que no iba a avanzar con la otra pregunta, el doctor decidió unirse, acompañándola por un buen rato, cantando y moviendo los brazos como el personaje que los devolvió por un momento a los días felices de su niñez.

Cuando se cansó de silbar y bailar, Yesca regresó a su estado de ánimo triste y letárgico, sentándose a medias en el borde del almohadón del sillón de visitas. Dudó por un momento y se levantó como para irse, pero cuando vio al doctor mirándola intrigado, volvió a limpiar el asiento con el revés de la manga de su blusa y trató de acomodarse en una posición incierta, con los cachetes de su trasero casi en el aire.

—Todavía no me ha contestado doctor… —murmuró, su mirada otra vez vacía clavada en el piso de madera.

—¿Qué?

—Lo de Popeye, lo de Japón y el zapatón…

—No lo sé, pero puedo averiguar…

—Quedamos, entonces —dijo levantándose para salir del consultorio.

—Quedamos, pero primero me tienes que decir qué pasó antes del hospital —ordenó el doctor, agarrándola con suavidad por los hombros para ayudarla a ocupar el sitio frente a él.

—¿Es de confianza, doctor?

—Claro. Todo lo que digas queda entre nosotros. No te puedo ayudar a recuperar tu memoria si no me dices. Tienes que entender. Es una posición difícil para mí, para ayudarte necesito saber qué fue lo último que pensaste… qué fue lo que te llevó a saltar.

—¿De la azotea del hotel? ¿A saltar al vacío, doctor?, ¿eso es lo que quiere saber? ¿No como los otros doctores que lo único que querían saber es cómo puede ser que tenga tanta suerte que luego de una caída desde lo alto de unos de los edificios más monumentales de Buenos Aires no tenga más que unos cuantos rasguños?

—Es un milagro, tenés que entender…

—¿Es un milagro que luego de días dándole vueltas al pensamiento, que luego de agonizar con el miedo, de justificar mi pecado, me haya querido quitar la vida, y que haya subido hasta la torre más alta que pude encontrar, que me haya decidido a tirarme y que no me suceda nada? ¿Ese es el milagro, doctor? ¿Tengo tanta suerte que me quise suicidar y no pude lograrlo? ¿Es lo mejor que me pudo suceder que haya caído sentada sobre un automóvil y no me pasó casi nada? ¿O es acaso aún mejor que no pueda recordar nada, solamente ese deseo, esa angustia de acabar con todo…? Dígame, doctor: ¿En dónde está mi buena fortuna en todo esto?

El doctor Giannini pausó por un momento y luego regresó a trabajar en la mente de Yesca.

—¿Recuerdas entonces los momentos anteriores al intento de suicidio?

—¿Qué?

—Dijiste que recuerdas la angustia, que recuerdas haber tomado la decisión. Si recuerdas aquello, tienes que recordar otras cosas… —le aseguró.

—Ese es el problema: recuerdo sentimientos y emociones. Pero no recuerdo lo que hice. No recuerdo haber estado en el elevador de ese hotel, o haber salido a la azotea. No recuerdo haberme acercado al borde y mirar hacia abajo, sabiendo que eso sería lo último que vería antes de cerrar los ojos y saltar al encuentro con la dulce muerte.

—Detente. Dime: ¿por qué la llamas dulce muerte? —preguntó el doctor.

—No lo sé, doctor… ¿Será porque realmente quería quitarme la vida y morir era la solución a mis tribulaciones? ¿Será porque, en ese momento, el momento de escoger entre la vida y la muerte, sentí que no tenía salida, que morir sería lo único que me absolvería de un pecado más grande que el de suicidarme?

—¿Pecado? ¿Qué pecado crees que sería tan grande, tan fuerte, tan sin salida o sin perdón, que tendrías que sacrificar tu vida?

—Ese es el problema, que no recuerdo nada más que las emociones. ¿Cree que estaría aquí si pudiese recordar las acciones?

—¿Pero sabes que te tiraste del Hotel Continental, que saltaste al vacío y caíste sobre un auto estacionado afuera y sobreviviste sin más lesiones que quien se accidenta cayéndose por las escaleras? Qué digo: ¡menos que caerse unos cuantos peldaños! Caíste veintitrés pisos y prácticamente, físicamente, nada.

—Claro que sé doctor. Cada médico que me auscultó, cada enfermera que me tomó la presión, cada sacerdote que rezó por mí, cada empleado del hospital diría yo, cada persona que estuvo en contacto conmigo esta semana, desde los empleados de limpieza hasta los doctores de renombre… en lo que todos coincidieron es que solamente un milagro, un ángel divino, podría haberme salvado de esa muerte segura a la que yo me entregué con tanta frialdad. Escuché de las monjitas, de los periodistas y de los curiosos que hicieron cola para venir hasta mi cama para tocar mi mano para la buena suerte. Hasta lo vi en la televisión y lo leí en el periódico. ¡Soy un amuleto de la suerte! Con toda sinceridad, no me siento suertuda. No sé siquiera quién soy, por qué salte o qué es lo que estoy haciendo en Buenos Aires…

El doctor tomó un espejo de mano y lo puso delante de Yesca.

—¿Quién eres, Yesca Limón?, ¿quién eres? —preguntó.

—¿Qué tipo de nombre es Yesca, doctor? No me siento conectada con ese nombre… —contestó, haciendo muecas delante del espejo.

—¿Qué estás haciendo?

—Cambiando mi cara. No es solamente que no recuerde. El problema es que no reconozco mi nombre, no reconozco mi cara… No entiendo por qué tengo este acento… ¿Quién soy y qué estaba haciendo en lo alto del Hotel Continental? Por qué salté y por qué no recuerdo nada más que la pena tan impenetrable, tan horrorosamente agonizante y sin retorno, que saltar era la única manera de acallarla… para siempre…

La enfermera se asomó desde la puerta para informarle al doctor Giannini que la sesión debía terminar. El doctor miró el reloj en la pared, escribió unas notas en su libreta de apuntes y recogió el formulario que había caído al piso encerado del consultorio.

—Yesca, querida, tenemos que terminar nuestra conversación. El chofer te espera en la puerta de la consulta para llevarte a tu casa.

—¿Mi casa? —contestó confundida.

—Luego de que saltaste y te llevaron al hospital y pasó toda la conmoción, la policía subió a lo alto del hotel y encontraron tu cartera y tus documentos, con tu dirección, y las llaves de tu departamento.

Yesca se quedó pensando, asida del asiento con sus dos manos. En donde quiera que fuese aquel lugar que ellos decían era su casa, estaba segura de que no se encontraría en su hogar.

Sin decir más, Giannini y su enfermera la ayudaron a soltar el cojín del asiento, levantarse y prepararse para enfrentar las claves de lo que fue su pasado.

Afuera la esperaba el chofer del remisse que la llevaría hasta su domicilio. La enfermera Alicia la acompañó hasta la puerta de atrás del edificio y colocándole el abrigo y la bufanda se despidió.

—No soy tu amiga Lore del pasado. Pero si me lo permites, puedo ser tu amiga Alicia del presente.

—El nombre... tu nombre es Lauren. ¿Ahora que estamos a solas también me lo vas a negar? —Yesca contestó.

—El nombre es señorita Alicia. Tu movilidad te está esperando —le dijo terminando de acomodarle la bufanda para que también le abrigase las orejas.

Yesca la abrazó con fuerza y secándose una lágrima subió al automóvil. Desde la ventana de su consultorio el doctor Giannini observó la despedida.

—Es un honor, señorita Yesca —saludó el chofer, cerrando con elegancia la puerta de atrás del automóvil.

Yesca se acomodó en el asiento, aprestándose al viaje por calles y avenidas que, a su parecer, estaba viendo por primera vez.

Cuando se cansó de tratar de recordar los lugares que encontraban y rápidamente iban dejando atrás, prestó atención al conductor que con mucha discreción la estuvo observando de rato en rato por el espejo retrovisor. Era un hombre de mediana edad, sus ojos marrones eran cálidos, los ojos de una buena persona, las arrugas cerca de las comisuras de sus labios denotaban una personalidad alegre, que se reía de mucho y muchas veces durante el día, sus dedos juguetones seguían el ritmo de la balada que tocaba en la radio.

Sus miradas se cruzaron. Yesca se animó a decirle lo que estaba pensando:

—¿Charlie? —le dijo casi sin poder creerlo—. Charlie: soy yo…

—Me debe haber confundido con alguien más, señorita Limón. Mi nombre es Ovidio Lizardo, a su servicio, claro está.

Yesca lo miró con más intensidad. Esa era la cara de Charlie, su sonrisa. No lo veía desde la universidad, no lo recordaba arrugado, pero ese era su Charlie… No recordaba su apellido o de qué universidad, o cuál fue su relación, si tal vez fue su novio o a lo mejor un buen amigo, de aquellos amigos con los que se comparten secretos y deseos escondidos. No recordaba por qué recordaba a Charlie o si tan siquiera fue alguien importante en su vida pasada o si todavía estaban juntos en el presente pre-salto, pre-intento de suicidio, pre-pérdida de memoria. No recordaba nada, pero recordaba a Charlie.

—¿Eres el novio de Lore, Charlie? ¿Eres mi novio? ¿Fuiste mi novio? —contestó, sin hacer caso a lo primero que le explicó don Ovidio.

Yesca miró la camisa y el cárdigan que él vestía. Sabía que reconocía esa ropa. Recordaba los colores, las rayitas celestitas sobre fondo blanco de la camisa combinando con el azul oscuro de la chaqueta. ¿Dónde los vio? ¿Sería en un partido de fútbol?

—Dicen que perdió la memoria, que no se acuerda de nada... ¿Es verdad o se hace la que no se acuerda para que la dejen tranquila? —contestó el chofer mirándola por el espejo retrovisor.

Inmutable, Yesca continuó aventurándose dentro de sus recuerdos, dentro de una galería de imágenes nebulosas, difusas, una amalgama de colores, de lugares sin nombre, de rostros sin definición, de emociones sin historias, para hacerlas valederas, importantes. Pero si recordaba a Charlie y a Lore, aun si no recordaba por qué, en dónde o cuándo, se sentía inclinada a pensar que en algún lugar dentro de esas memorias borrosas encontraría las claves que necesitaba para develar su pasado.

Intentó concentrarse en los contornos de una de esas figuras escondidas. Fijó su atención y cerró los ojos para tratar de visualizar con mayor detalle.

Dentro de las imágenes encontró una de Charlie y Lore. Los tres estaban en unos jardines maravillosos, con un bosque de árboles frondosos, altos, imponentes.

Árboles antiguos, cuyos troncos guardaban las experiencias de generaciones que antes pasaron por aquel mismo lugar. Los jardines tenían un césped hermoso, de un verde intenso que invitaba a tocarlo. Caminaron por un buen rato. Podía ver a lo lejos edificios antiguos. Las nubes blancas y gordas de un cielo otoñal pintaban la bóveda sobre sus cabezas y hacían una sombra deliciosa de cuando en cuando. Yesca no podía escuchar lo que estaban hablando, pero sabía que se sentía en paz en ese lugar, al lado de sus dos amigos. No podía definir las edades tampoco. Era como si aquellos detalles carecieran de importancia, como si en las emociones puras fuera a encontrar lo que deseaba entender.

Al rato de caminar y departir alegremente, encontraron un parque frente a un lago inmenso. Estaban solos en aquel lugar. Charlie las retó a quitarse los vestidos de invierno y las botas y meterse al agua desnudas. Mientras procedía a desvestirse, Yesca podía ver una ciudad que se extendía a pocos metros de la orilla. Lore la jaló al agua. Estaba helada, pero a Yesca no le importó, se sentía feliz y protegida junto a sus amigos. Charlie tomaba fotos y decía que algún día, cuando fueran famosas, las usaría para chantajearlas; a lo que Yesca y Lore contestaban aventándole agua y tratando de jalarlo para meterlo al lago con ropa y zapatos, mojando la cámara.

Yesca sonrió.

—Charlie… No te hagas de rogar… Charlie… —dijo con la mirada fija en don Ovidio.

Desde lejos escuchó al chofer llamándola, despertándola de su estado hipnótico.

—Señorita Yesca. Señorita… ya llegamos —dijo, deteniendo el automóvil frente a un edificio de apartamentos.

Don Ovidio se bajó del vehículo para abrirle la puerta y acompañarla hasta su piso.

—¿Dónde estamos, Charlie? —dijo Yesca, al darse cuenta que ya no estaba en el lago con sus amigos.

El chofer la miró y sonrió. En sus años de conductor de pacientes del consultorio y el hospital psiquiátrico se había encontrado con muchos casos especiales, tristes y aterradores, pero nunca antes tuvo la ocasión de entablar conversación con alguien que sufría de amnesia. El asunto le parecía de mentira, y más bien se le hacía difícil entender cómo podría una mente ser tan frágil que borraría todas las experiencias que hacen que esa persona sea quien es.

A pesar de que se juró nunca conectarse más allá de lo superficial con los pacientes, el caso de Yesca Limón le producía inmensa curiosidad. Además, nunca un paciente lo había invitado a inmiscuirse tan a gritos como lo estaba haciendo ella.

A la mierda… Tal vez le haga bien y la ayude a recuperarse más rápido que con los doctores… ¡Juego!, se dijo don Ovidio Lizardo.

Y así fue como el chofer de la misma compañía casi por un cuarto de siglo, el hombre que nunca se inmiscuía en ningún tema personal con los pacientes, decidió romper con sus reglas y actuar el papel de "Charlie" (sin apellido ni historia de contexto) y seguirle la cuerda a Yesca.

—Estamos en tu casa, Yesca, te ayudo a subir y acomodarte. Y luego, ya me tengo que ir a hacer unas cositas pendientes —dijo, tomándola del brazo para ayudarla a encaminarse en la calzada.

El día estaba un poco nublado, pero el sol se asomaba de rato en rato, anunciando una estadía larga para la tarde.

Yesca vio pasar una nube blanca y se alegró recordando el día en el bosque. Volteó para mirar a Charlie pero el sol brillando sobre su amigo le produjo una sombra que lo oscurecía casi por completo.

—Me siento contenta de que estés aquí, Charlie… He estado muy sola estos días en el hospital, con tanta gente que vino a verme, pero sola… ¿Cómo puedes sentirte tan profundamente sola teniendo a tanta gente a tu alrededor? —dijo Yesca deteniéndose frente al edificio.

—Pero ya estoy aquí. Y te voy a acompañar todos los días a tus citas. Te voy a recoger y te voy a traer de regreso. Sana y salva. Yo te protegeré —contestó don Ovidio.

—¿Me prometes? —preguntó Yesca.

—Te prometo —contestó don Ovidio, acomodando el bastón para caminar con más seguridad. La pierna le molestaba mucho esos días con el dolor de la artritis, y subir las escaleras ya le costaba trabajo.

Yesca miró a Charlie, le pasó la mano por la mejilla y sonrió.

—Charlie ojos lindos, así te apodamos en secreto Lore y yo. Siempre me hipnotizó el color verdiazul de ellos y la manera en que podíamos anticipar un giro en tu humor con solo encontrarlos transformados a un matiz casi negro. Desde el primer día que te conocí, apenas te miré supe que esos bellos luceros redondos y resplandecientes estarían siempre en mi memoria —dijo Yesca.

Don Ovidio descansó el bastón sobre el primer peldaño y ofreció su brazo a Yesca para que se apoye.

—Siempre fuiste un buen amigo, un caballero de aquellos que ya no existen —dijo Yesca.

—Es sencillo ser un caballero cuando tienes a una bella dama a tu lado —contestó Charlie, pasándole la mano por sobre los dedos finos y delgados.

—Ay Charlie, no seas, ¿qué va a decir Lore?

—¿Y quién es Lore? —contestó don Ovidio, ayudándola a subir el último peldaño que daba a un pasillo semioscuro en el tercer piso.

Don Ovidio miró un papelito y continuó con Yesca del brazo hacia la derecha. Yesca no contestó su pregunta, más bien se apretó más cerca del hombre, como si el caminar el último trecho hasta su apartamento le provocara ansiedad.

—¿Ha visto a Charlie? —preguntó cuando llegaron a la puerta del departamento.

Ovidio Lizardo reconoció el cambio en la ruta de la mente de la paciente y le dijo lo que pensó que ella quería escuchar:

—Tenía que hacer y se fue, pero me pidió que la acompañe hasta la puerta de su apartamento y que me quede aquí hasta estar seguro de que se encuentra bien y que no necesita nada más —contestó el hombre sabiendo que de nada le serviría refutar la vívida memoria del paciente y que, como necesitaba mantenerse de aliado con ella, le era imperativo actuar con la prudencia y experiencia de haber pasado por cientos de situaciones interesantes con muchos de los pacientes que le tocó llevar y traer en décadas de chofer.

—¡Qué lindo es Charlie! —le contestó mientras entraban al apartamento—. Me acompaña un rato, entonces, porque prefiero no estar sola... y si Charlie dice que se quede conmigo, él sabe de lo que está hablando.

Don Ovidio entró al apartamento con ella. Dejó su bastón cerca de la puerta y avanzó por las habitaciones, la cocina y el pasadizo, encendiendo las luces. Yesca permaneció cerca del umbral, tratando de reconocer el lugar.

—¿Aquí es donde vivo? —dijo buscando la decoración familiar, la foto, el libro que confirmara que ella vivía allí.

—Aquí es, sí, señorita Limón. Y déjeme decirle que me encanta su apartamento. Es acogedor y tiene buen gusto en la decoración —contestó don Ovidio, abriendo la ventana de la sala para ventilar el cuarto que permaneció cerrado y sin inquilina por varias semanas.

—No siento mi presencia en este lugar. No siento que sea donde pertenezco —contestó Yesca todavía parada en el vestíbulo con la puerta principal abierta al pasadizo—. ¿Está seguro de que este es el lugar?

—Esta es la dirección que me dieron, junto con este llavero —contestó mostrándole un manojo de llaves de diferentes colores organizadas por tamaño, etiquetadas en la parte de atrás y sujetas en una argolla que mostraba todavía las fotos colocadas por el fabricante.

Yesca se acercó para examinar las llaves y el llavero. En silencio las observó y las tocó por un buen rato. Examinó las fotos, tratando de sentir la conexión hacia aquellas personas, pero en su deseo de encontrar algún tipo de nexo no reparó en que las fotografías eran de modelos publicitarios. Frustrada, entregó el llavero de regreso.

—No es mío —dijo tomando unos cuantos pasos en retroceso hasta quedar en el pasadizo del ala derecha del tercer piso del edificio 3 número 1407.

Don Ovidio la miró con lastima. Sabía que el proceso de retorno sería difícil para Yesca.

—Charlie dijo que vendría a verla a esta dirección. Él debe saber… ¿No cree?

—¿Charlie va a regresar? ¿A esta dirección? ¿Está seguro?

—Muy seguro. Eso fue lo que dijo, señorita Yesca.

—Ayúdeme a limpiar, entonces, que no quiero que Charlie vea este desbarajuste —Yesca contestó, ingresando de inmediato al apartamento y poniéndose a ordenar.

La cara de Yesca se alegró apenas entró al consultorio al día siguiente.

—¡Lore! ¡Qué bueno que te encuentro, quiero contarte que vi a Charlie ayer! Lo vi en el bosque, cerca del lago. ¿Recuerdas el día que nos metimos al agua desnudas y Charlie nos tomó fotos hasta que lo obligamos a meterse al agua con nosotras? —le dijo a la enfermera Alicia.

Don Ovidio estaba parado detrás de Yesca en la puerta de la consulta. Le hizo un gesto conocido a la enfermera.

—El doctor te está esperando para que le cuentes a él también —dijo llevándola de inmediato a la oficina del doctor Giannini.

La enfermera tocó la puerta y entró sin esperar respuesta. Yesca aguardó a la indicación del doctor y se sentó en la silla frente a él, luego de limpiarla con el revés de la manga de su blusa.

—¡Charlie está en Buenos Aires! —dijo sin esperar a que el doctor le hiciera una pregunta.

—¿Charlie? ¿Está aquí? ¿Y qué hace aquí, che? —preguntó sin saber de quién hablaban, pero esperando encontrar una respuesta detallada.

Yesca lo miró confundida.

—No sé, doctor Giannini, no sé qué hace aquí. Lo vi y recordé un día en que estuvimos juntos, él, Charlie, Lore y yo.

—¿Y dónde está Charlie ahora? ¿Vino a la consulta? ¿Te está esperando afuera?

—Se fue cuando llegamos al apartamento, pero el señor Ovidio, el chofer, dijo que le indicó que vendría a buscarme y que lo espere allí mismo —contestó alegrándose con solo saber que su amigo regresaría pronto a verla.

—¿Don O estuvo allí, junto a ti, cuando viste a Charlie?

—Qué lindo apodo, don O, me gusta mucho.

—Yesca: ¿don O vio a Charlie?, ¿habló con él? —insistió el doctor.

—¿No le estoy diciendo eso mismo, doctor Giannini? No sé cómo es médico y no entiende las explicaciones más simples… —Yesca se rio.

El doctor se acercó a su escritorio y levantó el auricular del intercomunicador.

—¿Don O está todavía afuera? —preguntó, escuchó la respuesta al otro lado y ordenó—: Por favor pídele que me busque en la puerta de atrás, que le tengo que hablar.

Al colgar se dirigió de nuevo a Yesca:

—Quédate un ratito sola. Vuelvo apenas converse con el señor Ovidio, *¿okay?* —dijo el doctor y salió de su oficina.

Al rato regresó. Venía preocupado, pensativo. Se acomodó de inmediato en la silla frente a Yesca y preguntó:

—Nena, me decís que viste a Charlie ayer... ¿Lo viste, viste... o lo viste en tu recuerdo?

—Lo vi, hablé con él; y luego, cuando me volteé para hablar con don O, desapareció... Puf, así nomás, como truco de magia.

El doctor pausó por un momento, se tocó los labios con la punta de los dedos y continuó:

—¿Así que lo viste en persona y hablaste con él?

—Sí. ¿No le estoy diciendo eso mismo, doctor?

—Y aquello del recuerdo, me decís, ¿me contás qué fue eso?

—Pues que lo vi a él, a mí y a Lore pasando un momento lindo juntos.

—Decime, ¿cómo te sentías en ese momento?

—Me sentía feliz, relajada, sin ninguna pena, sin ninguna preocupación... como flotando libre como una pluma en un día soleado.

—Es bueno que hayas tenido un recuerdo, sobre todo uno tan feliz —aseveró el doctor mientras escribía unas notas—. Significa que tu memoria está tratando de restablecer los archivos que, ahora me parece, no fueron borrados del todo, sino que fueron colocados en una bodega distante, donde serían difíciles de encontrar. Pero ahora dime, ¿quién es Charlie?

—Eso no lo sé. Y no tuve el tiempo de preguntarle, de pedirle más bien que me ayude a recordar.

—Y sí, claro, no tuviste tiempo.

—Pero es bueno que haya recordado algo, ¿no es así, doctor? Y si no, por qué no le pregunta a Charlie más tarde. Dijo que vendría a buscarme al apartamento…

—Acerca de eso Yesca, te tengo una mala noticia… Por favor entiende que mi trabajo es ayudarte… Y a veces ayudar puede doler… ¿verdad?

Yesca miró al doctor. Presentía que aquel discurso vaticinaba algo que no le iba a gustar.

—Yesca… —dijo el doctor Giannini—. Hablé con don O hace un ratito, cuando salí del consultorio… ¿te acordás?

—Doctor Giannini, que le está dando demasiadas vueltas… *Come on*… ¿Qué fue eso, doctor? ¿Qué hay con los exabruptos en inglés que me salen tan normales cuando los digo?

—Una cosa a la vez, Yesca, ¿estamos? —la cortó bruscamente para proseguir con lo que le urgía conversarle.

—Dígalo de una vez doctor Giannini, que ya mucho suspenso, *mother fucker* —dijo tapándose la boca aterrada por la grosería que acababa de musitar en otro idioma.

El doctor no se inmutó.

—Yesca, lo que te quiero explicar es que cuando hablé con don O, él me informó que la única pasajera en el remisse ayer fuiste tú. No hubo ningún Charlie, ni en el automóvil ni después…

Yesca se levantó del asiento.

—¡Miente! Charlie estuvo allí. Él lo vio. Don O está igualito que Lore que miente y sí sabe quién soy yo. Don O está mintiendo. Él vio a Charlie. Él me dio un mensaje de Charlie. ¿Se acuerda que cuando desapareció, fue don O quien me dijo que Charlie me buscaría en mi apartamento? ¿Por qué me mentiría acerca de algo así? Él sabe lo importante que Charlie es para mí.

Yesca se encontraba alterada, caminando a pasos agigantados por el consultorio. El doctor Giannini llamó a su enfermera y le pidió que trajese un calmante. Luego de forzarla a tomarlo, el doctor la sentó de nuevo frente a él.

—¿Quién es Charlie? —le preguntó una segunda vez.

Yesca lo miró. Sus pupilas dilatadas el momento anterior ya habían regresado a un estado normal. A su lado, la enfermera le tomaba la presión.

—Está bien, doctor —dijo la señorita Alicia y salió de la consulta.

—Lore… Lore… no te vayas —murmuró Yesca apesadumbrada—. Lore sabe quién es Charlie… Lore sabe quién es Lore. ¿Por qué no le pregunta a Lore? —dijo.

—Mi enfermera no es tu amiga, Yesca. Pero volvamos a mi pregunta original: ¿quién es Charlie? —inquirió el doctor. Se veía que empezaba a sentir la frustración de dar vueltas en círculos con las preguntas y respuestas. No estaban llegando lejos.

—Charlie es… Charlie es… No sé quién es Charlie, doctor. No sé si es mi amigo, mi enemigo, mi amante o mi hermano. No lo sé —contestó lloriqueando.

—Pero es alguien en quien tú confías, ¿verdad? —dijo cl doctor pasándose los dedos por los labios, pellizcándolos hasta hacerlos enrojecer.

—Me siento bien cuando estoy con Charlie…

—Bien. Eso es bueno, eso es excelente, querida.

El doctor se levantó, se acercó al gabinete de madera al otro lado de la oficina, cerca de la ventana, y abriéndolo sacó un espejo de mano. Se acercó a Yesca y sentándose frente a ella le mostró el espejo.

—¿Y qué es lo que ves cuando te miras al espejo? —preguntó, manteniendo el espejo frente a ella—. ¿Quién es Yesca?

Yesca observó el reflejo de su rostro sobre la circunferencia plateada. No recordaba esa cara. No recordaba su nombre. No recordaba por qué hablaba con acento de extranjera o por qué de vez en cuando ladraba palabras hirientes en inglés.

—¿Quién es Yesca? —repitió el doctor, mostrándole su imagen sobre el espejo.

—No lo sé, doctor —contestó.

—¿Quién es Yesca? —repitió el doctor—. Tú lo sabes y no quieres compartir con nosotros. ¿Eres tan mala que no vale la pena conocerte? ¿Eres tan dulce que el viento más sutil puede resquebrajarte? ¿Eres tan buena que tienes miedo de que alguien se aproveche de ti? ¿Eres tan triste que es preferible olvidar y empezar de nuevo, que enfrentar lo que te apena? ¿Quién eres, Yesca?

—No lo sé. Pero lo que sí sé es que mi nombre no es Yesca Limón —dijo saliendo del consultorio apresurada.

Al dejar la consulta, Yesca tomó el primer pasillo que encontró y luego la primera puerta, saliendo a la calle por la portezuela de servicio y empezando a caminar sin rumbo seguro.

Al poco rato de deambular por las calles se dio cuenta de que no tenía idea de dónde estaba. Se encontraba desorientada y mareada, y en su apuro por salir del consultorio perdió la posibilidad de regresar a su apartamento con la única persona que sabía dónde quedaba y cómo llegar.

Se detuvo por un momento en una esquina. Estaba esperanzada de que tal vez don O y el doctor hubieran salido a buscarla y que pronto la encontrarían. Escrudiñó el horizonte frente a ella. No recordaba el color del automóvil, pero sabía que ellos se acordarían de ella, de sus características físicas, de lo que vestía ese día. Encontró esa ropa en el clóset de su cuarto, pero no se sentía cómoda en ese atuendo. Notaba que lo que tenía puesto no era de su gusto, como si la persona que vestía esas ropas, Yesca, era una persona diferente a ella.

Pasaron veinte minutos, media hora, cuarenta y cinco minutos. Al final de la hora de espera, Yesca se dio por vencida y decidió seguir caminando. Al poco rato pasó por un café. El aroma la hizo sentirse atraída a aquel lugar. Entró y se sentó a la barra. Se pidió un café con leche, un *venti latte*. Al terminar de hacer su pedido se preguntó qué tipo de brebaje se habría mandado a hacer.

—¿Está bueno? —preguntó el barista al rato de entregarle la taza.

Yesca estaba saboreando el café y preguntándose si habría sido su verdadera identidad la que escogió algo tan delicioso, y no escuchó al muchacho cuando le habló por primera vez.

—Pregunté si te gustó —repitió el joven acercándose hasta donde se encontraba Yesca.

Yesca seguía absorbida con sus pensamientos y tampoco le contestó la segunda vez que le dirigió la palabra.

El muchacho la dejó en paz y siguió con sus quehaceres. A los pocos minutos llegó un grupo de jóvenes que parecían ser amigos del mozo. Uno de ellos reconoció a Yesca.

—¡Es la santa del salto! —dijo burlón—. ¿Puedo tocarte para la buena suerte? —continuó mientras se aproximaba con la mano extendida.

Yesca alzó la mirada y se encontró frente a un par de ojos que la aterraron. De un brinco se levantó del asiento, empujando la taza de café con su codo con tanta fuerza que se desparramó desde donde estaba hasta el otro lado de la barra.

—No puede ser. Nadie sabe donde vivo. Estoy segura en Buenos Aires. No puede ser... —gritó Yesca, reconociendo al muchacho que no se detuvo al ver su reacción, sino que siguió caminando hacia ella, de rato en rato volteando para mirar al grupo de amigos que desde el fondo lo seguían con la mirada, riéndose de la bravuconada de su compañero. Pero antes de que llegase a tocar a Yesca, el joven empleado detuvo a su amigo y lo envió de regreso a su mesa.

—Perdoná a mis amigos... estos pibes son unos inmaduros, siempre haciendo chiquilinadas. Qué pena que te molesten, después de lo que has pasado —dijo amistoso.

—No lo dejes acercarse. Me quiere hacer daño. Me quiere matar —dijo mirando al joven y a su amigo que ya estaba de regreso con su grupo y desde allí la seguía observando y haciendo chacota con sus amigos.

El joven empleado miró a Yesca y a su amigo. No entendía por qué una completa desconocida estaría haciendo aquellas acusaciones en contra de alguien que se le acercó para hacer una broma inocente.

—Cálmese, señorita. Es mi amigo. No muerde. Le gusta poner esa cara de truhan, pero no hace nada de nada —dijo tratando de calmarla y ayudarla a sentarse a la barra, unos asientos más allá del café derramado que seguía goteando hasta el suelo, formando un charco oscuro y aromático sobre la loseta del local.

Yesca temblaba, seguía mirando al muchacho a lo lejos, temiendo que en cualquier momento se le acercaría de nuevo, la llevaría a algún lugar solitario y la obligaría a hacer cosas que no podía, que no quería recordar.

—Tú no existes. No estás aquí. No puedes estar aquí. ¿Me entiendes? ¿Me oyes? No puedes estar aquí —gritó saliendo a la avenida congestionada por el tráfico de automóviles y peatones.

Yesca caminó hasta la esquina. Giró en todas las direcciones. Volteó para mirar hacia el café y asegurarse de que el hombre no la hubiese seguido. Desde la puerta, el empleado y el grupo de amigos la observaban. Uno de ellos empezó a caminar hasta donde se encontraba. Turbada por la presencia de lo que ella percibía como peligro, Yesca cruzó la calle sin fijarse, poniéndose a solo centímetros de ser atropellada por carros que venían a toda prisa y desde ambas direcciones en una de las avenidas con mayor tránsito de la ciudad. El joven corrió detrás de ella, arriesgando su vida en el marullo de automóviles para lograr alcanzarla, llevaba la cartera que olvidó en el café, y de rato en rato la llamaba, pidiéndole que se detuviera para entregarle lo que le pertenecía. A lo lejos sus amigos le echaban vivas, hacían bromas y lanzaban silbidos, de esos de a dos dedos en la boca, que punzaban el aire denso de la media tarde y luego se perdían dentro del ruido de la ciudad.

Al ver que el mar de gente en la calzada al final del cruce se iba a tragar a "la santa del salto", el joven apresuró el paso, deslizándose entre la masa hasta llegar a ella.

—Señorita, señora, por favor… —dijo el hombre colocando su mano sobre el hombro de Yesca.

Los amigos venían corriendo atrás. El dueño del café los sobrepasó y, trotando al lado de los automóviles, le hacía señas para que se detuviese.

—Tiene su bolso. Tiene su cartera —gritó el hombre gesticulando hacia ella.

Yesca volteó a mirar al grupo de hombres detrás de ella y empezó a gritar. A su lado, algunos transeúntes se detuvieron y, pensando que se trataba de un caso de ladrones de poca monta, detuvieron al que llevaba la cartera, lo obligaron a soltar el tesoro y le empezaron a dar una paliza entre varios.

Yesca aprovechó la confusión para recoger el bolsón que yacía sobre el cemento frío y sucio de una calle agrietada por el tiempo y, sin decir una sola palabra, empezó a caminar a toda velocidad.

Prosiguió sin rumbo por unas horas. Intentaba usar la exploración para ayudarse a recordar algo acerca de la ciudad donde vivía. Se detenía por un buen rato en cada edificio, cada parque, cada restaurante y cada tienda. Los miraba con intensidad científica, buscando detalles, colores, olores y hasta rostros conocidos. Quería saber por qué estaba allí, si conocía a alguien en esa ciudad. Quería que algo encendiera su memoria. Algo real. Algo que reaccionase a su presencia de la misma manera que ella respondía a la presencia de otros.

Ese grupo de hombres realmente la asustó, pero no sabía por qué. ¿Quiénes eran y qué querían con ella?

Pasó frente a una vitrina con espejos y se detuvo. Se miró con detenimiento. Parada frente a aquella desconocida, esa Yesca Limón, lo único que podía reconocer es que aquel reflejo no le traía ningún tipo de recuerdos. Frustrada, buscó algo más entretenido que hacer. Vio un centro comercial a corta distancia y decidió encaminarse para allá.

Al ingresar sintió una emoción que calificó de alegría. Tuvo la esperanza de que tal vez atisbaría una parte de sí misma en aquel lugar. Se imaginó que le gustaba ir de compras, pasar por las tiendas y echarles un vistazo a las novedades de la temporada.

El olor dentro del *mall* le llamó la atención. Era un aroma extraño, una mezcla de perfume y pedo... *¿Cuántas personas se estarán pedorreando al mismo tiempo?*, pensó. Y empezó a reírse tan fuerte que tuvo que detenerse para limpiarse las lágrimas que bajaban por sus mejillas coloradas.

Una pareja que estaba sentada cerca de un macetero enorme abandonó su animada conversación para seguirla con la mirada. Yesca apuró el paso y unos metros más allá dobló a la derecha, subió hasta el segundo piso e ingresó al primer establecimiento que encontró.

Pensó que había entrado a un burdel cuando entró a la peluquería. Mujeres se paseaban en vestiditos de playa escotados, mostrando las piernas bronceadas y los pechos rebosantes, caminando en unas plataformas que parecían imposibles de manejar. El sonido de los tacones sobre el piso de cemento encerado la hizo voltear. Primero vio la silueta de una mujer sobre el acerado suelo de color rojo oscuro, concentró la mirada por un momento en los dedos del pie que sobresalían de la sandalia, colgando sobre la plataforma como pequeños marcianos con barniz de diferentes colores. Subió la mirada: la mujer era joven, llevaba un corte que le adelgazaba y alargaba el rostro muchísimo, con los cabellos largos y tersos cayéndole en líneas perfectamente rectas hasta la mitad de la espalda.

La miró. Le recordaba a alguien… Tal vez a alguna Melissa… pero en día de fiesta. *¿Quién diablos es Melissa?,* se preguntó.

Un hombre con una camiseta negra, ceñida, y unos tatuajes que le cubrían la mayoría de ambos brazos, se sentó a su lado. La exploró de arriba abajo, le hizo un gesto de saludo y volteó a conversarle a otra mujer, una lesbiana que le hizo recordar a alguien a quien quiso.

Se sintió cómoda en aquel lugar, rodeada de gente a la que estaba segura que no conocía pero quienes no le inspiraban miedo, como muchos de los otros que se cruzó ese día.

Se entretuvo por un rato viendo pasar a la gente, escuchando sus conversaciones, imaginando sus vidas, inventando escenarios. Al rato sintió los párpados pesados y se dejó caer en la nube del sueño. Cuando despertó, la peluquería estaba vacía y solamente el hombre de los tatuajes estaba barriendo el piso con una escoba ancha y peluda.

—Ya era hora. Pensé que tendría que llamar a la policía para que te lleven —dijo el hombre, sin dejar de barrer.

—¿Qué hora es? No recuerdo en dónde estoy… *What the fudge?* —contestó Yesca todavía adormilada y confundida.

—Qué boluda, che, ¿ahora querés hacerte la gringa después de que te has pasado la tarde roncando en ese asiento, ahuyentando a los clientes con esos resoplidos de ballena? —contestó el hombre, colocando la escoba a un costado para acercarse a ella.

Yesca se levantó. Sintió las piernas adormecidas que no querían ponerse en marcha.

—Ya me voy… Ya… Ya me voy… —dijo, tratando de llegar hasta la puerta.

—No tenés que correr, che, quédate, quédate si querés… —se burló el hombre levantando la mano amenazadoramente.

—No seas marica —dijo el doctor Giannini, interponiéndose entre el hombre y Yesca.

—¿Estás buscando bronca? —dijo el hombre.

—No. Sólo la estoy buscando a ella —contestó tirándole un puñetazo que lo dejó tumbado en el suelo.

—Anoche tuve un sueño feliz. Creo que es la primera vez en mi vida que he tenido un sueño feliz. Soñé que llegaba al aeropuerto de una ciudad desconocida. El aeropuerto era una mezcla del de Roma, con el de Houston, con el de Tokio, con el de Buenos Aires. No sé cómo sé o cómo reconozco todo esto, pues no recuerdo haber estado en ninguno de aquellos lugares. Soñé que al llegar al aeropuerto me daba cuenta de que mi cartera había desparecido. No tenía documentos, ni billetera, ni anteojos. Tenía todavía las llaves del lugar en donde me iba a hospedar y una dirección desconocida en el bolsillo de mis *jeans*. Al verme desconsolada, sin saber qué hacer, un grupo de gente mayor, que estaba de gira teatral, se apiadó de mí. Me sentaron en uno de esos sillones mullidos y confortables que se usan para hacer la pedicura y me empezaron a dar todo lo que necesitaba. Varios me dieron dinero, billetes grandes y chicos, y también monedas. Una señora me entregó unos anteojos preciosos y a mi medida. Un anciano me entregó un mapa. Cuando terminaron de proporcionarme todo lo que perdí, desaparecieron y me quedé sola de nuevo en ese aeropuerto grande y frío…

pero que de alguna manera me recordaba a algo… ¿Qué significa todo esto, doctor Giannini? Es de buen augurio, ¿no cree?

Yesca abrió los ojos. Se encontraba una vez más en el consultorio del terapeuta luego de haber pasado la noche en el ala siquiátrica del hospital. Se veía relajada, reposada, como si la escapada del día anterior la hubiese ayudado a deshacerse de la energía negativa que venía cargando desde la tarde del famoso atentado de suicidio.

Giannini terminó de escribir sus anotaciones antes de contestarle. Puso el lapicero sobre el papel y tomó un sorbo de la yerba mate que tenía sobre la mesita.

—La mente es como una casa con muchísimos clósets, en donde guardas tus memorias, tus recuerdos. En el primer clóset están las cosas que usas más, las cosas que te gustan, que te quedan bien. En un segundo clóset están las cosas que todavía usas de cuando en cuando, pero que están un poco escondidas. Luego vienen otros clósets. Uno en donde guardas cosas que te gustan, pero tal vez ya no te quedan, o ya no le van a tu estilo de vida en ese momento. Otro clóset puede guardar cosas que definitivamente no usas, pero de las cuales guardas buenos recuerdos; puede que allí tengas fotos del pasado, recuerdos de cuando eras chica o cuando tus hijos eran chicos. Atrás, muy atrás, a veces tapiado con bultos que no permiten acceso fácil, se encuentra el último clóset. Ese guarda cosas que te atemorizan. Pueden ser recuerdos dolorosos, vergüenzas grandes, momentos de inmensa tragedia. Tú te encuentras ahorita en el umbral de la casa, has dejado vacantes todas esas experiencias de vida por temor a algo muy grande. Si no abres todas esas puertas, si no entras a todos esos clósets, si no buscas y rebuscas en todos los bolsillos, en todos los resquicios, si no sacas todo, absolutamente todo de cada clóset, y lo miras a la luz del día y con ojos de auscultar, es posible que esos recuerdos permanezcan escondidos, en donde no te puedan hacer daño. Pero, eso sí te advierto, que si no enfrentas aquello que te debilita desde lo más profundo de tu ser, eso que mantiene los clósets cerrados hará también que tu corazón permanezca cerrado.

—Yo quiero saber quién soy, doctor Giannini. Quiero saber por qué salté y por qué no me pasó nada. ¿No cree que soy yo la más interesada en saber?

—¿Qué es lo que temes, Yesca?

—No lo sé. Veo a gente en la calle y siento que me quieren hacer daño… Y otros, como Lore y Charlie, que son parte de mi pasado y están aquí, y me podrían ayudar, me podrían decir quién soy, pero no me quieren siquiera reconocer… No entiendo qué es lo que está pasando…

—Vamos a llegar al fondo de esto… hasta el último clóset… pero me tienes que ayudar. Tú eres la única que puede abrir esas puertas… Mirá: en lugar de regresar al hospital te propongo regresar a tu casa. Don O te puede acompañar esta semana.

—Está bien, doctor —contestó Yesca.

—Una cosa más: ¿Te sentirías muy incómoda si conversamos en tu apartamento? Tal vez podamos descubrir claves de tu pasado si nos encontramos allá —dijo Giannini y se terminó su mate.

Lo único que en realidad ocupaba el tiempo de Yesca, ahora que no tenía mucho en qué pensar, era una obsesión que empezaba en la mañana, apenas se miraba al espejo y recordaba que no recordaba nada, y continuaba durante el día de citas médicas y terapias sicológicas. La idea de encontrarse a sí misma, de encontrar su verdadera historia, era todo lo que le preocupaba desde que abría los ojos hasta que los cerraba.

Estaba determinada a alcanzar su objetivo y no le importaba si para eso tendría que reunirse con su sicólogo en el apartamento. En realidad, le molestaba un poquito, sobre todo porque quería causar una buena impresión; y esa mañana, antes del primer encuentro, incluso las simples tareas de ordenar la salita del departamento y preparar una merienda se le presentaron con dificultades inauditas.

¿Será posible que un golpe borre recuerdos importantes y también instrucciones de vida?, Yesca se preguntó mirando el envase de la leche. Sabía que dentro de su memoria tenía que haber una clave para abrir ese cartón. Sacó un cuchillo filudo y empezó a clavarlo

en el bote. Suavecito al comienzo, solamente donde se leía la instrucción: *"Presione aquí para abrir"*. Pero la leche le daba pelea y de golpes delicados pasó a unos más fuertes, y otros, y más y más; hasta que el cartón acuchillado empezó a derramar la leche por todos lados, menos por donde debía hacerlo.

El líquido blanco se desparramó por el mostrador hasta los bordes, cayendo a las baldosas y continuando su expansión hasta conquistar todo el espacio de la pequeña cocina. Yesca pasó los dedos por el plástico al fondo del mostrador, en donde se empozó la leche, y se los llevó a la boca. Luego sacó un vaso y se sirvió de uno de los chorritos que todavía regaba desde el envase acuchillado.

Miró el contenedor y empezó a reírse. Lloraba y se reía sin poder calmarse. Agarró el cuchillo y lo clavó incontables veces, hasta que descuartizó el envase y lo único que quedó del cuarto de leche fueron los pedazos de cartón encerado y la leche desparramada por toda la cocina.

Sintió frío en su cuerpo bañado en leche. El shorcito y la camisetita que vistió para dormir estaban empapados en el líquido y le estaban creando una costra que olía raro. Se sentó sobre las baldosas con el cuchillo filudo en una mano y el vasito de leche en la otra. Cuando terminó de beber, chapuceó un buen rato en la pequeña inundación que causó, colocando sus manos sobre las losetas para agarrar el líquido y pasárselo por el cuerpo.

Siguió jugando por un buen rato, hasta que se dio cuenta que estaba tiritando y que necesitaba cambiarse y limpiar antes de que llegara el doctor y se la llevara del nuevo para el manicomio.

¿Dónde hay un gatito cuando lo necesitas?, suspiró para sus adentros mientras abría la puerta de su dormitorio.

El doctor Giannini llegó puntual a la cita. Estaba vestido de *jeans* y camisa blanca de manga larga. Llevaba puesta una bufanda, aunque en esa época ya no hacía tanto frío en la ciudad. Tocó la puerta con los nudillos en lugar de usar el timbre, un hábito que aprendió durante sus años de estudio en los Estados Unidos. Miró el anillo en su dedo: era ya tiempo de sacárselo, pero se rehusaba a enfrentar su realidad. ¿Hasta cuándo la esperaría?

Yesca abrió. Se había cambiado a pantalones largos de franela y una sudadera con un emblema de una universidad extranjera. Llevaba el cabello suelto y mojado. La cara sin maquillaje se veía sonrojada por el calor de la ducha rápida, los poros abiertos destilaban sudor.

—¿Cómo amanecimos hoy? ¿Puedo pasar? —dijo el doctor, sacándose la bufanda y el saco de gamuza.

Yesca se sintió acomplejada por su pinta desarreglada, poco atractiva, y se pasó la mano por el rostro intentando secar el sudor.

—¿Qué sucedió allá? —dijo Giannini apuntando con la mano hacia la cocina.

¿Me olvidé de limpiar? ¿Pensé que tenía un gato y que se encargaría de lamer toda la leche? ¿Qué pasó allá?, se preguntó Yesca mientras, incómoda, trataba de arreglarse la ropa. *Fuck. ¿Me olvide de ponerme sostén, también?*, pensó cuando se pasó la mano cerca del busto al jalarse la sudadera para abajo.

FUCK, era todo lo que escuchaba dentro de su cabeza.

Giannini caminó hasta la entrada a la cocina. Se detuvo cuando sus zapatos de marca hicieron un ruido al hundirse en un pocito de leche todavía derramada en el piso.

—*Fuck* —murmuró Yesca.

Giannini dio una risotada. Yesca lo imitó.

—¿Limpiamos, nena? —dijo el doctor, tomando un secador y pasándole otro a Yesca.

Giannini seguía riéndose. Yesca se sintió relajada, olvidó que no le gustaba que el doctor la viera vestida de esa manera.

—¿Por qué te la tuviste que agarrar con la leche? ¿Qué te ha hecho, eh? —dijo el sicólogo después de un rato.

—No lo podía abrir... el envase... no lo pude abrir... no recordaba cómo abrirlo. Creo que perdí la paciencia —contestó Yesca, sus pies estaban mojados con leche.

—¿Sabés que la leche es muy buena como tratamiento de belleza? —contestó Giannini, tocando el dedo gordo del pie desnudo de Yesca.

—No lo pude abrir —contestó Yesca, moviendo su pie para el otro costado.

—Lo usaban en Egipto, si no me equivoco... ¿Alguna vez has tratado un baño en una tina llena con leche? —replicó el doctor ignorándola.

—No lo pude abrir... No lo pude abrir... NO LO PUDE ABRIR. ¿No me está escuchando? No pude abrir el envase... algo que debería saber hacer... algo simple... Y NO LO PUDE ABRIR. NO PUDE. NO PUDE. NO PUDE —contestó Yesca, empezando a tirar cosas en la cocina.

—Cálmate. Cálmate. Es normal. Cálmate —explicó Giannini, cubriéndose la cara con los brazos para protegerse de los objetos que volaban por todos lados.

—¿Es normal? —dijo Yesca, deteniéndose.

—Sí. Es normal. A veces la memoria quiere borrar solamente ciertas cosas, como te explique ayer; quiere poner esos momentos de dolor en el último clóset, cerrar la puerta y olvidarse de su existencia; pero se le hace imposible hacerlo sin borrar cositas como esta, la instrucción para poder abrir el cuarto de leche en el envase de cartón —contestó el doctor, guardando en el cajón más cercano todo lo que Yesca había tirado, especialmente los cuchillos y otros utensilios punzocortantes.

—Es normal, dice. El gran doctor Giannini da cátedra. Es normal olvidarse, como si yo fuera una anciana con Alzheimers... Es normal no saber hacer lo que un niño puede hacer. ES NORMAL, dice y YO me debo sentir mejor. JA. JAJA. JAJAJA —respondió Yesca enfurecida y empezó a jalar y tirar objetos en la sala.

Volaron los adornitos de vidrio y los libros sobre la mesita. Abajo se vinieron las cortinas y el felpudo terminó en la cocina.

Cuando se vio sin otras cosas pequeñas que tirarle al doctor, que se había atrincherado al fondo de la cocina, con la puerta de la refrigeradora abierta para detener la fuerza de los proyectiles, Yesca se encaminó a la primera pared que vio y, descolgando un cuadro de tamaño mediano, de esos que muestran un bello paisaje con flores que venden en cualquier lugar de decoración del hogar, procedió a cortarlo con unas tijeras que encontró sobre el mostrador de la cocina.

Mientras acuchillaba el cuadro Yesca seguía gritando: «Es Normal. ES NORMAL».

Cansada de apuñalar el lienzo, Yesca tiró el cuchillo sobre la mesa y luego de buscar un martillo que guardaba en la cocina procedió a desquitarse aún más con la figura abstracta de una mujer, y a los pocos martillazos tumbó todo el cuadro al suelo y se hizo añicos.

El sonido del vidrio reventando en el suelo la calmó en un instante. Desde el piso, la mujer del cuadro la observaba por el rabillo de su ojo chueco traspasado por una esquirla. Bajo el rojo sangre de sus mejillas algo inesperado descollaba.

El silencio reemplazó la furia. El doctor salió de su escondite y se aventuró hasta donde estaba Yesca.

—¿Qué es eso, doctor? —dijo Yesca apuntando hacia donde cayó el retrato.

Los vidrios regados sobre el piso formaban unos mosaicos de diferentes tamañitos encima de los cuales fueron a parar la pintura martillada y pedazos rotos del marco de madera. Por debajo del montón, se asomaban unos papeles.

—¿Qué es eso? —repitió Yesca, como presintiendo que sabía la respuesta, pero no se podía acordar.

Giannini se acercó, se agachó sobre la pintura rota y sacó un sobre de entre las ruinas de lo que alguna vez fue el cuadro favorito de Yesca Limón.

Los dos se quedaron inmóviles por un momento. Ansiosos por correr a ver de qué se trataba, y al mismo tiempo preocupados de lo que encontrarían dentro de ese sobrecito que tal vez guardaba algo de importancia.

—¿Lo abro? —preguntó el doctor.

Yesca asintió.

—¿Segura? ¿Segura de que quieres saber lo que hay acá dentro?

Yesca lo miró perturbada. Tenía una mirada dulce, como de niña, pero en ese momento su faz había cambiado. Sus pupilas estaban definitivamente dilatadas.

El doctor la detalló. Quería asegurarse de que no tendría otro ataque de histeria, o algo peor. A pesar de que no estaba contento con su progreso, no quería ponerla de nuevo en el sanatorio. Él detestaba ese lugar. Detestaba como olía, el ruido del eco de las palabras de los pacientes rebotando infinitamente en los pasadizos oscuros, el ambiente exasperado constantemente con todas las emociones del mundo, todas buscando un desfogue, le parecía, al mismo tiempo. Detestaba la frustración que sentía cada vez que entraba por esas puertas, muchas veces a visitar a pacientes que entendía no tenían remedio. Detestaba como se sentía, a veces horas después de estar allí. Se juzgaba como que no tenía esperanza, como que todo el trabajo era para nada, por gusto, simplemente porque le pagaban un sueldo que él cobraba todos los meses, siempre percibiendo esa desazón del que luego de nadar por horas ve la costa, solo para de inmediato darse cuenta que igual morirá ahogado.

Pero Yesca era diferente.

—¿Lo abro? —volvió a preguntar.

Yesca asintió y se sentó en el sofá. Cerró los ojos y se asió al filo del asiento.

Escuchó el ruido de los dedos del doctor rompiendo el sobre y luego el crujir de papeles.

Notó que el doctor se sentó junto a ella. Apreció el olor de su colonia y el rozar de sus vellos sobre sus brazos. Se sintió esperanzada y abrió los ojos.

—¿Qué es? ¿Qué encontró en el sobre? —dijo, acercándose a Leandro Giannini para poder ver.

Giannini sacó unos papeles del sobre de manila y los colocó sobre la mesa del centro. Eran recortes de periódicos.

Yesca se arrodilló al lado de la mesa para leer los artículos.

—No sé… No sé qué es o porque estarían guardados allá atrás… —dijo después de un rato y se volvió a sentar.

Permanecieron callados, pensativos, por un tiempo largo. De rato en rato Yesca levantaba uno de los artículos, leía una línea, siguiendo las palabras con un dedo y murmurando en inglés, y luego lo volvía a colocar sobre la mesita.

—Son en inglés —dijo por fin Leandro—. ¿Sabes por qué?

Yesca lo miró.

—No lo sé… No siento nada. No recuerdo nada —dijo rompiéndosele la voz.

—Pero es que están en ingles… —repitió el doctor.

—¿Y? —Yesca contestó exasperándose.

—Y… Cómo que ¿y? Es que están en inglés… ¿No ves lo extraño de la situación, nena?

—¿Y?

—Y que, nada, que están en ingles… y no son de periódicos de acá… Digo, son de periódicos de Estados Unidos… ¿viste? —dijo Leandro, mostrándole uno de los recortes.

Yesca batallaba unas lagrimitas. El doctor le estaba dando rabia con toda su manerita de hablar y no decir nada, pero sobre todo le daba cólera no saber qué contestar.

—Che…—dijo Leandro abrazándola—. Mirá: si tú guardaste estos papeles debe de ser porque son importantes… ¿Viste?

Yesca se quedó un segundo en su regazo y luego se soltó con fuerza y se fue para su cuarto.

El doctor se quedó limpiando el cuadro hecho girones, los pedazos de vidrio, la leche desparramada y el resto de cosas que Yesca había tirado por todos lados en medio de su histeria. Al ver que no regresaba, se decidió a buscarla en su cuarto.

Cuando abrió la puerta la encontró dormida debajo de varias cobijas y almohadones. La acomodó para asegurarse de que estaba respirando, apagó la luz de la habitación, se despidió en silencio desde el umbral y cerró la puerta del cuarto.

Cuando salió del departamento llamó a don Ovidio y le pidió que pasara por allí en unas horas para asegurarse de que Yesca estuviese bien y descansando. El doctor Leandro Giannini detestaba el sanatorio pero odiaba aún más que sus pacientes se hicieran daño.

Cuando don O llegó al apartamento a las tres de la mañana, Yesca ya estaba despierta. Desde la escalera la escuchó cantando, el ruido de algo pesado cayendo sobre el piso cada cierto tiempo acompañaba la melodía a un ritmo casi perfecto.

—Qué raro que los vecinos no le hayan tocado la puerta para quejarse —murmuró el viejo resollando en el último escalón—. Estos edificios antiguos me van a matar uno de estos días —agregó resoplando mientras tocaba el timbre despacito para no despertar a los otros inquilinos.

Timbró de nuevo después de unos minutos. Un sudorcito le bajaba por la espalda. Al rato la escuchó dejar de tirar cosas en el suelo y acercarse de puntitas al recibidor. A pesar de que estaba mayor, don Ovidio podía escuchar a la perfección el ruido de las medias avanzando por la alfombra y el piso de madera hasta llegar a la puerta. La sintió mirar por el visillo por un rato y luego abrir.

—¡Charlie! ¡¡¡Regresaste!!! —le dijo, jalando al viejo para adentro de un solo tirón—. ¡Sabía que regresarías! ¿Sabes que me dijeron que te fuiste? Pero yo no les creí. *NahAh... No sir...* No les creí. Tú eres mi amigo del alma, ¿cómo te vas a ir sin siquiera decirme un hasta pronto?

Yesca hablaba, descansaba un ratito y lo abrazaba. Lo besuqueaba en la mejilla. Se detenía a mirarlo. Estaba radiante de dicha.

Lo tomó de la mano y lo llevó hasta el sofá de la sala.

Don Ovidio había permanecido callado. Repitiendo lo que ella hacía como un muñeco de ventrílocuo. Se fijó en sus pupilas: dilatadas. Se preguntó si tendría que llamar al hospital, si decidirían internarla de nuevo. Se preguntó si Yesca les daría problemas, si no iría por su propia voluntad, si les pondría pelea. A pesar de los tranquilizantes, algunos pacientes podían adquirir fuerza casi sobrenatural, podían atacar. Se miró la cicatriz en la mano que mostraba agarrotamiento propio de la artritis reumática, aquella marca que con el pasar del tiempo se había vuelto una media luna que apenas se veía le recordó que las personas que padecen con problemas de salud mental a veces te pueden sorprender. A él lo mordió un paciente, una señora mayor, una abuelita que parecía tan frágil y hasta dulce, dentro de todas sus locuras. Era más joven en esa época. Uy, lo que daría para tener la fuerza de esos días. Aquella vez hizo exactamente lo mismo que estaba pensando hacer ahora: calmar al paciente, jugar su juego, negociar que vayan con él hasta el manicomio sin oponerse al tratamiento.

Yesca continuaba hablando sin tregua. Se levantaba y se volvía a sentar. Se sentaba y se volvía a parar.

Don O miró su mano y el circulito en donde la vieja le clavó los dientes con la furia de una pantera a punto de ser subyugada, como un animal que entiende que el animal cazado vive en cautiverio... y luego, muere de pena.

La mordida sucedió décadas atrás pero el dolor en las articulaciones ahora se lo recordaba con más frecuencia.

Sacó su teléfono para llamar al doctor. No podía confiar en que este dulce ángel, que parecía no pesar nada, no se convertiría en un portento de la lucha libre y lo tumbara de un solo puñetazo. A su edad ya no estaba para romperse huesos. Añadir al reuma el dolor de una nariz rota, de un hombro dislocado, de un ojo morado sería demasiado. No estaba siquiera para un pequeño corte. Ni uno chiquitito. Ya le informaron que tenía que ser bastante cuidadoso de no agarrar siquiera una infección. Que si se enfermaba aunque sea un poquito, esta vez sí podía morir.

Así le dijeron al viejo Ovidio. Algo tan poquita cosa como un corte lo podía mandar para el otro mundo. Y si él se iba, ¿quién cuidaría de su hijo, su único hijo? ¿Quién iría a la casa a media tarde para darle de comer? ¿Quién lo bañaría en las noches? ¿Quién se encargaría de que tenga un libro nuevo cada semana? Alvarito necesitaba a su viejo enterito.

Pensar en su hijo lo hizo reaccionar. Guardó el teléfono. Se sentó al lado de Yesca.

—Cálmate, querida, que aquí estoy para acompañarte. ¿Cómo crees que te iba dejar pasar por este momento sola? ¿Cómo piensas que me iría sin despedirme? —dijo don O, pasando su mano callosa por el cabello de Yesca.

La observó. Necesitaba saber con quién lo estaba confundiendo. ¿Quién era este Charlie y por qué era tan importante?

Yesca lo tomó de las manos. Lo miró. A don O le pareció que a lo mejor estaba enamorada de Charlie. ¿Un amor platónico, tal vez?

Faltaban horas para que el doctor regresara al consultorio. Decidió jugárselas y seguirle la corriente mientras esperaban a que amanezca.

—¿Qué está pasando? Te veo diferente. Como que estás pensando en mucho y en nada al mismo tiempo —dijo don Ovidio tanteándola.

Yesca le apretó las manos, le sobó los dedos torcidos. Lo miró y sonrió. Ya no estaba parándose y sentándose.

A pesar del dolor en sus manos, don O le sonrió también.

Se hizo silencio absoluto. Se miraron. Suspiraron. Don Ovidio se preguntó si engañar a Yesca, haciéndole pensar que sus locuras eran reales, sería peor.

—No sé qué me ha pasado. Recuerdo haberme tirado de un edificio, pero no recuerdo por qué. ¿Sabes que me dicen "la Santa del Salto" porque sobreviví tremenda caída y no me pasó nada? ¿Sabes que le dije al doctor Leandro Giannini que tuve un momento terrible en esa azotea, que transcurrí semanas con un dolor tan grande que tuve que saltar, pero que la verdad es que si tuve un motivo para quitarme la vida no lo recuerdo? No recuerdo nada, Charlie, solo te recuerdo a ti… y el lago… y Lore… ¿Sabes que Lore trabaja para el doctor Leandro Giannini y se hace la que no me reconoce?

—¿Tú recuerdas mi apellido? —preguntó don O.

—No. Ese el problema, Charlie… Solo te recuerdo a ti… el lago, el día del lago… y Lore… —dijo Yesca y se quedó pensativa—. Tú y Lore… ¿están juntos todavía?

Don Ovidio se quedó callado. No sabía qué respuesta sería más favorable para la situación. Luego siguió su instinto.

—No —contestó, y le apretó la mano huesuda dentro de la suya—. Ni siquiera sabía que Lore estaba en Buenos Aires…

—Ay, Charlie, qué lindo… es que… ¿sabes qué? —murmuró bajando la mirada hasta fijarla en el cojín que tenía colocado encima de las piernas.

—¿Qué? —contestó don O, levantándole el rostro con la mano hasta hacerla mirarlo de frente al hablarle.

Yesca se sonrojó. La mano le temblaba dentro de la mano grande, huesuda y arrugada de don Ovidio.

—Es que… Charlie… yo siempre te miré de lejos… Y…

Yesca se llevó el cojín a la cara. Empezó a reír como una adolescente enamorada.

Don Ovidio le quitó el cojín. Se acercó un poco más a ella y le acarició la mejilla. Yesca dejó de temblar.

—Y… —dijo don Ovidio—. Siempre termina lo que has empezado. Ya soltaste la lancha del embarcadero, ahora la tienes que dejar navegar.

Don Ovidio se sonrió por lo que acababa de decir, se sentía inteligente ese día.

—Y que… bueno, es que… —Yesca murmuró bajito—. Es que siempre me GUSTASTE —dijo, se levantó y se fue para su cuarto. Tiró la puerta con una fuerza tan exagerada que hizo temblar todo el departamento.

Desde la sala, Ovidio la podía escuchar lamentarse, sollozar y decir el nombre de Charlie en unos chillidos que le rasgaban por dentro. Años trabajando con personas con problemas mentales y no se acostumbraba al dolor que ellos pasaban durante terapia al sentir una pena tan grande, tan confusa.

Metió la mano en el bolsillo del pantalón para buscar su teléfono móvil. ¿Había ido muy lejos? Su intención era ayudar a la paciente, calmarla… Pero, ¿alentar la fantasía de una mujer enamorada? Tal vez eso fue cruel. Pero, ¿qué iba a hacer? Este Charlie parecía tener un efecto especial en Yesca. Ahora le tendría que explicar al doctor.

Miró el teléfono. Suspiró. Empezó a marcar. Las manos le temblaban. ¿Y si perdía el empleo? ¿Qué pasaría con su hijo? ¿Quién cuidaría a ese hombrón que por dentro era todavía, y para siempre sería, un niño indefenso?

Se detuvo. Canceló la llamada y colgó. Colocó el teléfono sobre la mesita. Se sobó las manos artríticas. Todavía llevaban el olor a jazmines de la crema humectante que Yesca se aplicó luego de ducharse.

La sintió calmarse dentro del cuarto. Los chillidos se convirtieron en un sollozo rítmico. Ya no la escuchó moviéndose dentro de la habitación. La imaginó sentada encima de la cama, abrazándose a sí misma, meciéndose, arrullándose, con la vista puesta en la puerta que deseaba se abriera para dar paso a su amor, al príncipe valiente, al joven del lago. Diciendo una y otra vez, como un mantra: «Te quiero tanto, Charlie».

Al rato ya no escuchó más. Se levantó. Se acercó a la puerta de la pieza y la abrió despacito. Un chirrido de madera vieja emanó en respuesta. Don O se asomó: Yesca estaba profundamente dormida.

Cerró la puerta y regresó a la salita. El móvil sobre la mesa le hizo sentir que estaba jugando con fuego, que debería haber llamado al doctor hacía horas... Pero ya era demasiado tarde para eso. Se sentó, tomó el teléfono y lo guardó de nuevo en el bolsillo. Así por lo menos no lo tendría mirándolo todo el tiempo, avergonzándolo de lo que acababa de hacer con su paciente.

Estiró los brazos largos sobre el sofá e intento dormir con los ojos abiertos. Esa era su manera de descansar cuando estaba trabajando: mantener los ojos abiertos y un pedacito ínfimo de conciencia en el mundo de los vivos, pero desconectar el resto, irse dentro de su mente, salirse de su cuerpo.

Era bueno en eso don Ovidio, lo había practicado por años.

Pero esta vez no pudo hacerlo. Tantos pacientes transportados, en realidad: que pusieron bajo su cuidado, la viejita que lo mordió, el hombre que no cesó de llorar durante un mes, el adolescente que trató de suicidarse en su automóvil… así hubiese sido temporal y efímero, él había sido parte de sus vidas; y aunque las vivencias de cada una de estas personas lo afectaban, siempre logró desvestirse de los malos momentos, no pensar más.

Con Yesca era diferente.

Le dijo, le dijo a él, le dijo a Charlie que lo quería, y eso se le coló hasta adentro. Así fuese una fantasía de una mujer que estaba alucinando, ¿cuándo fue la última vez que alguien lo tocó así, de esa manera tan íntima?

Miró el reloj. Recién las cinco de la mañana. ¿Y si Yesca se despertaba? ¿Y si le decía otras cosas? ¿Y si quería besarlo?

—¿Quién eres, Yesca? ¿Y quién es Charlie? —murmuró el viejo.

Sacó una pastilla de su bolsillo. Caminó hasta la cocina, se sirvió agua en el primer vaso que encontró y se tomó la píldora. El dolor lo estaba matando.

Leandro Giannini encontró a don Ovidio dormido con los ojos abiertos. Siempre le causaba aprensión verlo así. Le parecía que el viejo realizaba ese truco para enterarse de lo que otros hacían cuando pensaban que estaba dormido.

El doctor encontró la puerta abierta. Tampoco pudo dormir pensando en Yesca, así que, en lugar de esperar para verla en su consultorio, regresó a la casa de su paciente antes de que saliese el sol.

Entró a la cocina y preparó el café pasado. Le gustaba la tranquilidad del amanecer, antes de que el mundo se despertase y le empezase a pedir cosas. A veces se dormía con los ojos abiertos en medio de una consulta, sólo para salirse, aunque sea un ratito imperceptible, y olvidarse de las preguntas, de todas esas preguntas persiguiéndole el día entero. Él no era Dios, ¿por qué le preguntaban cosas que no alcanzaba a discernir?

El rumor del café en la cafetera bajando despacio, goteando suavecito, le gustaba mucho.

Don Ovidio se despertó. Se sintió avergonzado al ver al doctor en la cocina. Se dio cuenta que dejó la puerta abierta y le embargó más vergüenza. Como lo hacía con más frecuencia últimamente, usó su vejez como excusa:

—¡Doctor Giannini! ¿Y cómo entro usted? ¿A qué hora llegó? —dijo O, restregándose los ojos, abriéndolos y cerrándolos para mojarlos con lagrimitas. El asunto de dormir con los ojos abiertos tenía unos cuantos problemas técnicos.

—¿Cómo está nuestra paciente? —contestó el doctor. El tema del viejo lo retomaría en alguna otra ocasión.

—Dormidita, doctor Giannini. Ningún problema. La noche ha estado tranquila —contestó el viejo masajeándose las articulaciones.

Tomaron café en silencio.

El olor a café pasado despertó a Yesca. Dio un bostezo en la cama y se estiró lo más posible. *¿Quién está en la cocina?*, se preguntó. Bajó de la cama, se puso una bata transparente, se arregló el pelo en una cola y de puntitas llegó hasta la puerta y la abrió.

El chirriar de la madera en el pasadizo alertó a los hombres. Dejaron sus tazas sobre el mostrador de la cocina y se asomaron hasta la sala.

—¿Charlie? —gritó Yesca desde su habitación.

Silencio. Luego don Ovidio contestó:

—Se fue…

—¿Qué? —dijo el doctor.

—Shhhh… —amonestó el viejo.

—¿Charlie estuvo aquí? —susurró el doctor.

—No estuvo estuvo… Pero ella cree que sí. ¿Me dejo entender, doctor? —contestó el viejo.

El doctor asintió.

Esperaron unos segundos más. Silencio total. Giannini le hizo una seña a Ovidio. Caminaron hasta la habitación.

Yesca se encontraba sentada sobre la cama tendida. Se estaba pasando la escobilla de pelo. Tenía la vista fija en el espejo. Reaccionó cuando los vio entrar.

—¿Dijo cuándo regresaba? —preguntó, volteando a mirarlos.

—No dijo —contestó don Ovidio.

—Es mi culpa… No le debí haber dicho lo que le dije. Ni siquiera sé quién es Charlie. Solamente sé lo que siento.

Giannini miró a Ovidio como pidiéndole explicación. El viejo se hizo el tonto. Décadas al servicio de pacientes con problemas graves y una vez, una sola vez que se había dejado llevar por la fantasía de una loca no le iba a costar el trabajo.

—¿Y qué es lo que sientes por Charlie, Yesca querida? —preguntó el doctor acercándose un poco a la cama.

Yesca se ruborizó y regresó a pasarse el cepillo por el cabello suelto.

—Dígame, doctor Giannini, ¿son los sentimientos recuerdos también? Yo me miro y me miro al espejo y no me recuerdo. No recuerdo mi nombre… ese nombre tan ridículo por el que no siento nada… Ve: otra vez, sentimientos. Con Charlie es lo mismo, es un sentimiento sobre todo… Y un pequeño recuerdo, de un día en el lago… Lore, su enfermera, la que dice que no me conoce, ella estuvo allí. Ella sabe quién es Charlie... Lore nos podría decir, doctor, porque yo me miro al espejo y me miro al espejo y no encuentro nada más que sentimientos.

—Hablemos de lo que sientes, entonces. Hablemos de lo que sientes por Charlie —contestó Giannini. Un recuerdo, un sentimiento era mejor que nada.

Yesca miró a don Ovidio. El viejo se estremeció.

—¿Charlie se fue de verdad? —le preguntó.

—Sí. Se fue y no dijo nada más... —contestó don O, aliviado de que Yesca no recordara que él representaba a Charlie.

Don Ovidio salió de la habitación. El doctor jaló una silla para sentarse cerca a la cama. Yesca le hablaba mirando al espejo.

—Yo estoy enamorada de Charlie —dijo y se quedó pensando, mirando al espejo, preguntándose si era ella o aquella reflejada en el espejo la que estaba enamorada de ese fantasma del pasado que aparecía y desaparecía sin dejarle clave alguna, excepto por sus sentimientos.

—Bien, Yesca, es un buen comienzo. Tal vez estás empezando a recordar. Sentimientos, sensaciones, emociones... son todos parte de nuestros recuerdos. Diría que a veces pueden ser la parte más fuerte de un recuerdo. La manera en que los labios tibios de otra persona se sienten sobre los tuyos... como el día se te ilumina, literalmente ilumina, cuando ves a alguien que amas... los olores que te traen recuerdos gratos... los momentos que te hacen sentir mal y no sabes por qué...

Todo eso conforma nuestra experiencia como humanos, y cada uno tiene una experiencia individual que esta guardada en esta cajita —dijo Giannini tocándose la cabeza.

—¿Pero y si solamente recuerdo emociones, sensaciones y sentimientos...? ¿Si nunca vuelven los verdaderos recuerdos... los recuerdos completos? —contestó Yesca hablándose al espejo.

—Ya recordaste algo de este Charlie... Es un comienzo... ¿Tienes yerba mate, nenita?

Yesca lo miró desconcertada.

—¿Qué es eso? —dijo.

—¿Quiénes son Charlie y Lore? —murmuraba el doctor mientras terminaba de tomar su café en la salita. Don Ovidio estaba sentado a su lado, mudo. Yesca canceló de buenas a primeras la breve sesión de terapia y le pidió a Giannini que salga de la pieza para poder cambiarse—. ¿Quiénes son estos personajes? —Leandro le dijo a don Ovidio.

Don Ovidio lo miró en silencio. Nunca vio al doctor tan frustrado, tan desesperado por una respuesta.

—Y si son solamente personajes, como dijo usted, fantasías... —le contestó.

—Ummm —musitó el doctor—. ¿Qué estaba haciendo Yesca cuando llegaste? ¿Estaba despierta o dormida?

—Despierta y tirando cosas en el suelo. La podía escuchar desde la escalera. Estaba armando tremendo ruido en la madrugada...

—Ummmm —volvió a decir el doctor y se quedó pensativo.

El doctor estaba determinado a encontrar a Charlie. A Charlie y a Lore. Pero la verdadera Lore, no su enfermera.

Se quedaron callados por un momento.

—¿Quién es Charlie? ¿Quién es y por qué es tan importante? —dijo el doctor.

Don Ovidio no contestó. Sabía parte de la respuesta pero no compartió. *El doctor es doctor por algo, ya él descubrirá las cosas solito*, se dijo.

Giannini se levantó, dio una vuelta circular, despacio, como en cámara lenta, deteniéndose en cada sección como para mirar las cosas en el apartamento con ojos de psicólogo.

En su ímpetu por enfrascarse de lleno en lo que Yesca le diría esa mañana no se fijó en el desorden que reinaba en el apartamento.

Distinguió muchas cosas fuera de lugar. Una lámpara de pie al lado de la puerta principal estaba casi tumbada, agarrándose con las justas de un pedazo de cortina que la sostenía de milagro en aquella posición. Libros y cajas en diferentes partes del pasadizo; hojas de papel, algunas impresas y algunas escritas a mano; encima del mostrador de la cocina, cajones abiertos.

—¿Estará buscando algo? —dijo el doctor.

—¿Cómo qué? —contestó el viejo.

—Algo de su pasado. Algo que la ayude a comprender. Tiene que haber algo aquí. Tal vez algo escondido en alguna parte —murmuró el doctor levantándose a mirar de nuevo a su alrededor.

Don Ovidio se incorporó junto a él.

—Puede ser que eso sea lo que estaba haciendo cuando llegué hace rato... —dijo siguiendo al doctor que ahora caminaba por el apartamento, deteniéndose en cada cosa que encontraba tirada o fuera de sitio.

—¿No dijiste que escuchabas sonidos como de cosas al caer al suelo? Es probable que eso hayan sido estos libros... y las cajas... Ella reconoce que lo que necesita saber está aquí... —dijo el doctor y empezó a recoger los libros y las hojas sueltas que iba hallando.

Don Ovidio lo seguía, recolectando también las cajas desperdigadas por la sala, el pasadizo y cerca del dormitorio.

Juntaron todo y lo pusieron sobre la mesita de la sala, encima de los artículos en inglés que quedaron en el mismo lugar donde Yesca y Leandro los dejaron horas antes.

Se sentaron de nuevo en el sofá de la salita. Sonrieron contemplando esperanzados la torre de posibles claves.

—¿Y ahora, doctor? —preguntó don Ovidio al rato.

Pausa larga.

—Déjame pensar un ratito —por fin contestó Giannini.

Otra pausa larga e incómoda.

Don Ovidio quería confesar lo que había sucedido en la madrugada, decirle que ya iban dos veces que

Yesca lo confundió con el tal Charlie. Que él pudo sentir lo que ella sentía por ese joven. Deseaba ayudar a Yesca pero no quería arriesgar su empleo. Y su hijo, ¿qué haría con su hijo si no tenía trabajo?

Se quedó callado. Ningún paciente valía como para arriesgar el futuro y el bienestar de su hijo.

El doctor se sentó en el filo del sofá, se colocó los anteojos y empezó a leer los papeles, a abrir los libros y mirar dentro de las cajas.

—Ayúdame —le dijo a don Ovidio—. A ver si podemos catalogar esto por temas. Primero, separemos las cajas de los libros y de los papeles sueltos. Hacemos unas torres para cada cosa y de allí los vamos viendo uno por uno.

—Buena idea, doctor —dijo don Ovidio, sintiendo alivio por el recreo. Ya no quería pensar en tomar una decisión, a tener que escoger entre una paciente y su hijo.

Trabajaron un buen rato en eso. Colocando cada cosa en su lugar hasta que tuvieron armadas varias montañitas encima de la mesa y en la alfombra.

Se detuvieron para mirar lo que tenían frente a ellos.

Don Ovidio levantó algunas cosas que cayeron de nuevo al suelo. Le fue proporcionando al doctor cada artículo hasta que pasaron a conformar parte de alguna de las torrecitas.

Giannini se fue para la cocina, miró dentro de los cajones abiertos pero no vio nada que le llamase la atención, así que regresó a la sala.

Los dos se sentaron de nuevo en el sofá.

—¿Viste algo interesante mientras acomodábamos? —le preguntó a don Ovidio.

—No. ¿Y usted?

—No, tampoco. Pero no significa que no esté allí.

Se quedaron callados de nuevo.

—Vi muchas cosas en otro idioma... como garabatos que no se entienden... —dijo don Ovidio cuando sintió que la conciencia iba a gritarle «culpable» de nuevo, que lo metería en aprietos.

—¿Cómo en inglés? —inquirió el doctor.

—Y sí, inglés... y también esos otros garabatos como chino, como dibujitos... —contestó don Ovidio.

El doctor se sentó en la alfombra y empezó a buscar en la torre de libros primero. Encontró dos en otros idiomas y los separó. Volteó hacia don Ovidio y le dijo:

—¿Me ayudas, che?

—Pero yo no sé idiomas, doctor, ¿cómo se le ocurre que le podría ayudar?

El doctor se quedó callado un momento, luego contestó:

—Separa todo lo que sea de un lenguaje que no entiendas, ¿entendés?

Don Ovidio suspiró y empezó a buscar en la torre de papeles frente a él.

—Y por eso usted es el doctor y yo soy el chofer —le dijo colocando unos cuantos papeles escritos en idiomas que no podía leer a su costado, sobre el sofá.

—Tú te haces el que no sabes nada. Te mantienes en la periferia, fuera de problemas... Pero no eres ningún tonto... —contestó el doctor sentándose frente a una torre de cajas.

Eran las nueve de la mañana cuando terminaron de separar todo de nuevo por lenguajes.

—¿Encontraste algo? —preguntó el doctor.

Don Ovidio lo miró. Estaba cansado y necesitaba ir a darle de desayunar a su hijo.

—Pues no sé qué estamos buscando. Yo hice lo que me dijo, nada más. ¿Me puedo ir, doctor Giannini? Ya se me hizo tarde para atender a mi hijo.

El doctor miró su reloj.

—Uy, sí. Uy, qué tarde se nos hizo —contestó—. Yo me ocupo de la paciente. Anda nomás y tómate el día. Nos vemos mañana.

—Gracias doctor. Le agradezco me dé el resto del día. Ya este cuerpo no está para desveladas —dijo don Ovidio recogiendo su saco y sus llaves mientras se dirigía hacia la puerta.

De la que me salve, se dijo mientras bajaba las escaleras. La espalda lo estaba matando.

El doctor se fue para la cocina, a preparar más café. Los ojos le hervían. Sentía como pequeños aguijones en la retina y un dolor agudo de rato en rato en el nervio óptico. Cerró los ojos y se apoyó sobre el mostrador. Se hizo oscuro y el dolor en los ojos se disipó.

No supo cuánto tiempo pasó o si se quedó dormido parado, como caballo. Si durmió y soñó, soñó con la montaña de papeles en la sala. Tenía el presentimiento de que allí encontraría lo que necesitaba para ayudar a Yesca.

"La gente guarda lo que es importante para ellos", decía un letrero en su sueño.

—Y el inconsciente te dice lo que necesitas saber —murmuró despertándose. La cafetera ya estaba despidiendo el delicioso aroma de la mañana. Se sirvió un café sin azúcar, estaba cuidando la línea y hace unas semanas le declaró guerra al gustito dulce.

Regresó a la sala y se sentó en el suelo. Cada pedazo de papel tenía que tener una clave.

—Todos guardamos lo que tiene un significado para nosotros —murmuró, y dejando la taza sobre la mesa decidió ir por todo lo que pusieron en el lado de castellano.

Lo primero que abrió fue una caja rosada.

Dentro de la caja, que fue originalmente de zapatos, encontró unos recibos. Todos eran de lugares en Buenos Aires. Nada especial. O, por lo menos, nada que a él le pareciera relevante.

Puso de nuevo todo en la caja y la cerró.

Meticulosamente y con detenimiento se entregó a la tarea de revisar todas las claves del pasado de Yesca.

Poco a poco cada papel, cada artículo fue leído y colocado con mucho respeto donde estaba antes.

A ratos el doctor se detenía, se levantaba, daba un bostezo grande, hacía unos cuantos ejercicios para estirar los músculos y se sentaba de nuevo. A veces en el suelo, a veces en el sofá.

Un campanario a lo lejos daba las doce del mediodía cuando Yesca se asomó desde su cuarto.

—¿Doctor? —dijo despacito—. ¿Charlie? ¿Don Ovidio?

Se había despertado con sueño y se sentía confundida por la luz del día.

El doctor Giannini no la escuchó llamando desde el pasadizo. No la sintió tampoco cuando se acercó de puntitas hasta él. Estaba absorbido leyendo un artículo que cayó al suelo y se escondió debajo de un tapete cuando Yesca destrozó la pintura de la sala el día anterior.

—¿Doctor Giannini? ¿Qué hace todavía aquí? ¿Me quedé dormida mucho rato? —preguntó, se sobó los ojos y se echó en el sofá.

—¡Yesca! Me asustaste, che. Caminas como gatito, sin hacer ruido…—dijo sobresaltado.

—¿Sabe si mi Charlie regresó o llamó? —dijo, sentándose y arreglándose el cabello en una cola de caballo.

El doctor la miró. Estaba relajada, sonriendo como una adolescente, hablando de su Charlie.

Giannini se sentó a su lado. Ella se arrimó hacia la otra esquina y tomando un cojín se lo puso sobre las piernas cruzadas y lo abrazó fuerte.

—Charlie está muerto, Yesca —dijo Giannini, mostrándole el artículo en inglés que permaneció quién sabe cuánto tiempo escondido detrás del cuadro—. Lore también.

El sonido de un bebé llorando en el asiento de al lado la despertó. Había llegado hasta la estación del tren para distraerse. Desde que regresó a la vida se formó ese nuevo hábito de ir hasta la terminal y sentarse en una banca en el medio.

Mirar pasar a la gente la entretenía. Se contaba cuentos acerca de cada una de las personas que veía. Que si eran novios. Que si el papá era abusivo. Que si los hijos eran felices.

De la estación solía ir a comprar unos pasteles para la merienda y de allí pasaba a la consulta con el doctor Giannini, pero ese día se sintió atraída a entrar al cementerio de al lado.

Compró flores. Buscó una tumba, quería que fuera de algún Carlos, o Charles… o Charlie…

Desde que el doctor le dijo que su Charlie estaba muerto, desde que le mostró el artículo que cayó de atrás del cuadro, el que decía que Charlie Buntley y Loren MacKinney, su esposa, fueron asesinados en un lago cerca de la universidad donde estudiaban. Desde que vio la foto, y era el mismo Charlie que la visitó en Buenos Aires dos veces desde que se despertó en el hospital. Desde que su doctor le explicó que cabía la posibilidad de que aquella pareja perteneciera a su pasado... Pero que también era posible que, en el apuro por encontrar recuerdos, su mente haya suplantado las vivencias de una historia de periódico haciéndola pasar como propias. Desde ese entonces Yesca decidió dejar de hurgar en su mente buscando el pasado.

La pena era demasiado grande, le explicó al doctor. ¿Qué pasaría si no era solamente una persona en un periódico, alguien que ni siquiera estaba relacionada a su vida, sino que sí pertenecían a su historia, y que hubiese otros y también estuviesen muertos?

No quería saber más. Le dijo al doctor que no deseaba seguir descubriendo su pasado y tener que sufrir de nuevo el pesar tan intenso que le daba perder a Charlie y a Lore.

Cerró todas las cajas y las guardó ese mismo día, junto con todos los libros y documentos, al fondo del clóset del cuarto de visitas.

Lloró toda la noche y al día siguiente le dijo a Leandro Giannini que no quería saber cuál era su pasado. Que no quería volver a sentir un dolor tan fuerte como el de leer en un pedacito de papel la noticia de la muerte de quienes creía sus únicos amigos vivos.

Le dijo a su doctor que todo lo que quería de ese punto en adelante eran recuerdos nuevos.

Con todo, igual estaba allí, en un cementerio en el que nunca antes estuvo, buscando la tumba de algún Charlie.

Dio vueltas por un rato. Era día de semana y aparte de dos jardineros y un hombre que llegó presuroso, colocó unas flores en una tumba, miró su reloj y se fue tan rápido como apareció, el lugar estaba vacío.

Yesca no estaba apurada. Iba de nicho en nicho leyendo los nombres de los fallecidos, la fecha de nacimiento y la del día de su muerte, calculaba qué edad tuvieron cuando murieron, leía los epitafios, se fijaba si el sepulcro tenía flores o no. Se contaba un cuento acerca de la persona que yacía en aquel lugar. Cuando se daba por satisfecha, pasaba a la siguiente tumba.

Se sentía en paz en el cementerio. No se veía obligada a hablar con nadie. No tenía que contestar preguntas o escrudiñar dentro de su cerebro.

¿Qué importa el pasado? Si todos terminamos muertos, lo mejor es vivir el presente, se dijo mientras caminaba por el césped.

Saludó a los jardineros. Vio llegar a personas solas y a familias enteras. En el velatorio se preparaban para terminar una pequeña ceremonia e iniciar un entierro. Se detuvo. De a poquitos se fue colando dentro del grupo de amistades y familiares. Se despedían de una persona joven ese día, una bebita. Yesca los acompañó hasta la fosa y se quedó hasta que colocaron el ataúd en la tierra. Lloró a pesar de que no conocía a la familia. Lloró hasta llegar a su casa. No cesó de llorar hasta que se quedó dormida.

Esa noche, los alaridos de una bebita llorando en sus sueños la despertó. Se tocó la cara: estaba llorando.

Fue la primera en la consulta al día siguiente.

—No quiero nuevos recuerdos —le dijo al doctor apenas lo vio llegar —. Quiero mis recuerdos. Quiero que me ayude a encontrar lo que me pertenece. Quiero que me ayude a encontrar a mi hija.

Leandro Giannini detuvo las tareas que estaba haciendo mientras Yesca le hablaba a toda velocidad. No entendía lo que le estaba diciendo. Una familia, una niña, no le cuadraba con la imagen que él se había formado acerca de Yesca. ¿Madre de familia? ¿La mujer de alguien? ¿Y dónde estaba ese marido? ¿Por qué nadie la vino a reclamar?

Tenía que estar equivocada. Otra fábula inventada como Charlie y Lore.

La sentó en una de las sillas en la sala de espera y ocupó el lugar al lado de ella.

—¿Hija? ¿Una nenita? —le dijo—. ¿Estás segura?

Sentía pena mientras le hablaba. Le daba un poco de cólera sentir lástima por Yesca. Leandro Giannini no era el tipo de doctor que formaba lazos personales con sus pacientes.

«No hacerse amigos. No envolverse. No sentirse emocional con los problemas de los pacientes. No se les puede ayudar si uno se involucra». Palabras que él se dijo tantas veces. Palabras que compartió con jóvenes doctores en clase, en charlas, tomándose un café.

Por primera vez en su carrera profesional sintió un nudo en la garganta.

Yesca asintió.

—Sí —le dijo sonriente. Luego se calló.

—¿Cómo sabes? ¿Encontraste una pista? ¿Una foto? —contestó Giannini, batallando una lagrimita que se le asomaba fuerte en el lagrimal.

—Es que lo siento en mi corazón. Estoy segura. Estoy tan segura. Es una niña, doctor, una bebita mía —le contestó.

La señorita Alicia interrumpió la conversación desde lejos. Venía casi corriendo, sus tacos tocando el suelo a la distancia la delataron. Tiki Tok. Tiki Tiki Tok Tok.

Dos pacientes llegaron casi al mismo tiempo. Yesca reconoció a uno de ellos. Era el gordito con la barba de la primera vez que estuvo en esa consulta. El hombre se sentó en el mismo asiento en donde Yesca lo vio la primera vez. Agarró la misma revista y se puso a leer.

El otro paciente, un hombre mayor, se paró al lado de la ventanilla de recepción.

El doctor Giannini se levantó, saludó y le hizo una seña a Yesca para que lo siguiese hasta una de las oficinas de adentro.

—Dime de nuevo, desde el comienzo —dijo ayudándola a sentarse junto a él.

En ese breve intermedio había logrado sofocar la urgencia de llorar por Yesca, de sentir compasión. Todavía quería abrazarla. Decidió poner su mano sobre el regazo de Yesca por un segundo. Quería que ella supiera que era más que un caso.

Yesca le devolvió la señal de amistad tocándole la mano. Lo miró a los ojos y continuó:

—Estuve ayer en la estación del tren. Me gusta ir porque veo a la gente pasar y me entretengo. Me gusta ver a la gente mayor todavía de parejas, enamorados, a los señores mayores robándose un piquito de su adorada esposa, caminando despacito, de la mano con sus viejitas. ¡Es tan romántico saber que el amor puede durar toda una vida! Me gusta ver a las familias. A veces familias grandes, corriendo para ir a recibir a alguien que llegó o caminando cabizbajos porque alguien partió. ¡Saberse tan querido debe de ser maravilloso, doctor!

La señorita Alicia llamó al doctor por el intercomunicador para avisarle que ya estaba en su puesto.

El doctor le contestó que estaba ocupado y que moviese todas las citas una hora.

El teléfono empezó a sonar. Al otro lado de la pared, la oficina cobraba vida.

Yesca se había detenido. Miraba a Giannini para que le diera permiso para continuar.

El doctor miró su mate vacío, se sobó los ojos, esperó un rato; pero al ver que Yesca no seguía le dijo frustrado:

—¿Y?

—Y… que… me gusta mucho ver a la gente ser gente… ser familia…

Bajó la mirada.

Giannini se dio cuenta que fue brusco.

—Perdóname, che, no quise sonar tan feo… ¡Qué pelotudo! Quise decir: ¿qué paso despúes? —preguntó suavizando su voz para no asustarla de nuevo.

Yesca lo miró en silencio. Quería con toda el alma que le creyera. Si el doctor Giannini le creía, ella también podría creer.

Se animó de nuevo.

—Me quedé dormida mientras estaba en la estación. Me desperté porque una bebita lloraba en el asiento de al lado. Mi nueva rutina, desde que hablamos de Charlie y Lore, es ir a la estación y luego comprar algo de comida para la cena y venir para acá o regresar al apartamento. Como hemos quedado, ¿recuerda? Pero ayer, en lugar de hacer eso, entré a un cementerio que queda cerca.

—¿Al cementerio? ¿Y por qué?

—Sentía que debía ir a buscar la tumba de Charlie. Un Charlie. Cualquier Charlie…

—Pero… ¿y por qué en un cementerio en Buenos Aires? ¿No estaría enterrado en el lugar donde murió, en Estados Unidos? ¿Qué se te dio por ir a un cementerio aquí?

Yesca se sintió abochornada de nuevo.

Se quedó pensando en las preguntas del doctor.

¿Qué se me dio por ir a un cementerio aquí? ¿Por qué buscaba la tumba de Charlie en esta ciudad?

Giannini le preguntó de nuevo:

—¿Sabes por qué?

—Porque necesitaba despedirme. No importa si Charlie es una fantasía. No importa si lo conocí o no. Él es real para mí y yo necesitaba decirle adiós.

Se quedaron callados.

—Está bien —dijo Giannini—. En realidad, no sabemos si tuviste una relación con Charlie o no. Si tú sientes que tenías que despedirte, está bien.

Yesca lo miró. Sonrió de nuevo. Se sentía agradecida por ese comentario.

—Luego vi a una familia en un velorio. Me acerqué. Me puse junto a ellos, entremezclada entre los familiares y los amigos. Sentí su pesar. Enterraban a una bebita —le confesó con la voz entrecortada—. Lloré con ellos. Lloré todo el día y me acosté llorando. Podía sentirlo, doctor, podía sentir lo que ellos sentían… todo ese dolor que te aplasta, que no te deja respirar, que es como si te hubieran cortado en pedacitos, como si te hubieran enterrado allí. Sentí que me asfixiaba de la pena...

—¿Entonces? —susurró el doctor.

—Es que entonces sucedió algo maravilloso doctor… —dijo sonriente y se detuvo.

—¿Qué? ¿Qué sucedió? ¿Qué?

Yesca lo miró. Se sentía dudosa.

—Es que no me creería… —suspiró.

—Por Dios, dime lo que pasó después… —contestó frustrado.

El doctor Leandro Giannini por lo general trataba a los pacientes de manera fría, distante. No permitía forjarse lazos emocionales con esas personas que llegaban deshechas hasta su oficina y poco a poco le contaban todo. Si mantenía las barreras podía mantener la distancia y la cabeza fría. Sentía que era mejor doctor si no reaccionaba a lo que iba escuchando. Y, por supuesto, nunca se frustraba.

Pero Yesca era diferente. Y ya era demasiado tarde.

El doctor Leandro Giannini se sentía totalmente absorbido por la paciente y su historia. Quizá, hasta se sentía hechizado.

Una mujer atractiva con amnesia generalizada. Era definitivamente muy tarde. El doctor Giannini era ya parte de la historia.

Yesca pausó para tomar una bocanada de aire. Lo miró de nuevo como para decidir si le confiaría lo que ya le empezaba a parecer otra fantasía, otra invención como Charlie y Lore.

—Puedes confiar. Soy tu doctor. Nada de lo que digas aquí me hará juzgarte mal. Te prometo —dijo.

Yesca lo miró de nuevo. Se llevó los dedos a los labios. Se frotó la cara. Cerró los ojos, mentalmente se dejó llevar por su intuición, se dejó caer en la pureza de no sentir miedo, de no tener barreras. Podía sentir el aire templado de una mañana primaveral tocándola con suavidad mientras caía. Desde que saltó de aquel edificio había notado que sus sentidos se agudizaron, pero no le fastidiaba aquello, al contrario, lo que le faltaba en recuerdos le sobraba ahora en sentidos, en sentir la vida con toda su majestuosidad calándose por sus ojos, los olores tan diferentes y variados cuando caminaba sola por las calles de la inmensa ciudad, la manera en que los pelitos en sus brazos se erizaban un poquito cuando algo le daba miedo y se sentían tan cálidos cuando Leandro se acercaba… Cuando el doctor Giannini se acercaba. Pero lo que más se le intensificó fueron las emociones, los sentimientos tan fuertes que empezaban a formar nuevos recuerdos en donde, en un estado cuasi-hipnótico, no existían imágenes, ni palabras, ni sonidos, ni olores, solo sentimiento. Energía pura, potente, deliciosa.

Disfrutó un ratito esa emoción. Le gustaba la caída libre. Abrió los ojos y dijo:

—Me despertaron los alaridos de una bebita llorando en mi sueño. Y allí fue que supe, que pude intuir en mi corazón que yo soy una mamá. Que tengo una bebé.

Se hizo silencio de nuevo y Yesca cerró los ojos para sentir el aire pasando a su lado. Percibía una nube de energía negativa acercándose a ella desde el doctor y por eso decidió no mirarlo.

Se concentró en el sonido que hacía el aire cuando la besaba. Vivió de nuevo la emoción de perderlo todo y ganarlo todo mientras caía desde ese edificio inmenso.

Leandro tocó sus dedos despacito.

La nube se disipó. Salió el sol en su corazón. Abrió los ojos y estaba de nuevo en la consulta.

—¿Me crees? —susurró. Necesitaba que le conteste que «sí», que si no le creía que por lo menos le prometería ayudarla a demostrar que lo que decía no podía ser posible.

El doctor la miró muy serio. Yesca sintió que la luz del sol empezaba a nublarse. Pero entonces le replicó:

—Te creo.

Yesca sintió una paz absoluta. Que Leandro le creyera era mucho mejor que la sensación del aire al caer.

Giannini canceló todas sus citas de ese día y regresó con Yesca al apartamento. Le explicó que se dedicarían a buscar pruebas.

Cuando llegaron al piso, la acompañó hasta la recámara para visitas y la ayudó a sacar todas las cajas que ella tenía guardadas al fondo del ropero.

Pusieron todo sobre la cama.

Yesca sentía alegría. Si tenía una hija, ese día la encontrarían.

Leandro ofreció unas palabras de inspiración antes de comenzar:

—Sabes Yesca: Algunas personas pasan por tu vida, aun por corto tiempo, y dejan una marca en ti. ¿Viste? —dijo—. Buena o mala marca, pero dejan algo de sí mismos en ti. Te cambian, te reformulan. ¿Entiendes?

Yesca asintió. Le gustaba como hablaba el doctor.

—Otros pueden estar a tu lado toda una vida… y no te hacen mella —continuó—. Todo depende de la

intensidad de la relación, del intercambio, de la conexión, y de lo que estás dispuesta a aprender en ese momento. A veces dos personas se encuentran en cierta
época de sus vidas y no pasa nada... Pero, si esas dos
personas se encuentran de nuevo más adelante, y está
de que pase algo, ese algo sucederá. Que no te quepa la
menor duda. ¿Entiendes?

Lo escuchó hasta el final, pendiente de cada una de
sus palabras, pero no entendía por qué le hablaba de
una manera tan grave.

Se preguntó si en realidad el doctor no le creía y
estaba preparándola para las malas noticias.

—¿Qué quiere decir, doctor? —indagó.

Giannini sonrió.

—Nada... solamente quiero decir que te creo, que
las emociones también son recuerdos y que lo que vi-
viste ayer, con la bebita en la estación y luego el entierro... estar en el cementerio... son indicaciones de algo
grande que pronto descubrirás. ¿Viste? Lo que quiero
decir es que si sientes algo de una manera tan intensa,
es posible que sea verdad.

—Es verdad, doctor. Yo sé que es verdad —contestó.

Giannini destapó la primera caja que encontró al
borde de la cama.

—Entonces, ¡vamos a trabajar! ¿Qué esperas, len-
tita? —bromeó y le abrió otra caja al lado de la suya.

Exploraron en silencio por un buen rato. Leandro,
siguiendo un método rígido, yendo por cada papelito,

escrudiñando cada detalle, realizando anotaciones en una libretita. Yesca, de manera alborotada, saltando de un lado para otro, como si estuviera buscando algo específico. Luego se cansó de rebuscar en las cajitas y arremetió contra los cajones del armario.

Los muebles en su apartamento eran grandes, altos, gruesos, antiguos, pesados. De ese estilo bautizado con el nombre de un rey, uno de esos reyes que le gustaba la decoración en Francia, ¿o sería en Inglaterra?, empezó a divagar la mente de Yesca. No, pues, tenía que ser Francia. Los ingleses eran demasiado flemáticos, demasiado sobrios.

No estaba segura cómo habían llegado esos muebles de un estilo sobredecorado a ser parte de su identidad actual, pero lo cierto es que no sentía ningún tipo de atracción por ellos y hasta se encrespaba cuando los veía.

Leandro volteaba a mirarla de vez en cuando pero no decía nada.

Yesca terminó de revisar el armario y pasó al ropero.

Era un clóset grande para el cuarto de visitas. Era más espacioso que el que ella tenía en su habitación.

Se preguntó si a lo mejor ella se estaba quedando en el cuarto de visitas y la habitación en donde estaban era la alcoba principal. *Tendría sentido,* se dijo, *este cuarto es mucho más amplio; y los muebles, a pesar de que son espantosos también son más ostentosos. Y este cuarto tiene mejor vista. El otro es más oscuro y da a un callejón.* Negó con la cabeza, el hecho es que ni siquiera recordaba cómo resolvió cuál alcoba era cuál cuando regresó del hospital.

Rebuscó por todos lados, abriendo cajas y registrando todos los bolsillos de la ropa colgada. Al cabo de un buen rato se rindió. No lograba encontrar ni una minúscula pista en ese clóset.

Sudorosa, se puso de pie y desanduvo unos pasos hasta encontrar luz natural. Se paró en el umbral de la puerta. Pasó la mano sobre la madera. Percibió que un pedazo estaba salido. Lo tocó de nuevo. Transitó sus dedos con suavidad. Definitivamente podía percibir algo anómalo allí.

Retrocedió, se llevó la mano a la boca y suspiró. El olor de la colonia de Leandro llenó sus pulmones, besó sus labios.

—¿Qué hacés, che? —dijo el doctor incorporándose. Su rodilla hizo un ruidito crujiente cuando se levantó.

—Mi rodilla hace lo mismo —dijo Yesca riéndose.

—¿Qué hacías? —repitió Giannini sentándose al borde de la cama.

—¿Qué hacía? —dijo Yesca. El aroma masculino del doctor la desconcentraba.

—En el marco de la puerta… le estabas pasando la mano…

—¡Ah! ¡Eso! —reaccionó—. Hay una maderita que sobresale aquí. Toque, justo aquí —le dijo, apuntando el sitio donde apreció el desnivel.

Giannini caminó hasta donde estaba Yesca.

—¿Por qué es que a veces me tratas de usted y otras veces me tuteas? —le dijo.

Palpó el marco.

—No siento nada. Y no me has contestado —dijo el doctor.

—No sé por qué —contestó y tomándole la mano lo guio hasta el desliz—. Aquí está. ¿La siente? Sientes... ¿La sientes? ¿La sentís?

Yesca enrojeció. Le soltó la mano.

El doctor sonrió, hurgó en la ranura hasta que desprendió la tablilla. Le contestó:

—Si te hace sentir incómoda, continúa llamándome doctor Giannini. Si no te fastidia, Leandro está bien.

La propuesta quedó en el aire, el sonido de sus palabras tocándola. Sentía cercanía hacia su terapeuta, hasta intimidad.

Giannini metió dos dedos en la hendidura revelada. El marco de la puerta era hueco en esa sección. Volteó para mirar a Yesca mientras buscaba.

Ella le contestó con una sonrisa.

—Doctor Leandro está bien —dijo.

El doctor le enseñó una cajita que encontró escondida dentro del orificio.

—¿Qué es esto? —le dijo mostrándosela.

—No sé —contestó abriéndola.

Se trataba de una cajita de metal, de mentitas. Se veía nueva. Dentro de ella: la foto de una bebé y Yesca, con una sonrisa increíble, feliz, cargándola.

La niña tenía unos dos años, tal vez menos, era difícil decir. Lo cierto es que todavía era bebé de brazos.

Era un día de verano, acaso de comienzo de estación.

Yesca llevaba puesto un vestido sin mangas, corto, de popelina estampada. Tenía unas florecitas como amarillas, girasoles tal vez. Mostraba sus piernas bronceadas, juveniles. Detrás de ella se veía un bosque. Y al fondo, bastante al fondo, un lago.

¿Estarían de pícnic?

¿Habría una cabaña cerca del lugar?

¿Sería su esposo el que tomaría esa fotografía? Ese recuerdo valioso que permaneció encerrado quién sabe por cuánto tiempo en una cajita de metal dentro del marco de una puerta.

La niña tenía piernas largas y blancas que colgaban casi por sobre las caderas de Yesca. El cabello bien jalado en dos colitas adornadas con lacitos de colores naranja y rojo. Unas cuantas hebras desobedientes de su pelo negro y lacio le caían sobre la frente. Se veía risueña. Llevaba puestos unos pantalones cortos, de mezclilla, y una blusa blanca de manga corta. Las medias cubanitas, blancas y llenas de bobitos, dentro de los zapatos de charol que reflejaban un destello del sol en la punta. Las dos sonreían, posaban para la cámara. Un momento feliz, de familia.

Yesca tomó la foto de las manos de Leandro, la besó despacito y la puso encima de su piel, debajo de su blusa, al lado de su corazón.

Leandro colocó la cajita de metal sobre la cómoda y se sentó al borde de la cama. Un fucilazo de ternura lo caló.

No es que nunca antes hubiera visto a un paciente caer al abismo de la fantasía, de la creación de personajes que se sienten tan reales como las personas de carne y hueso que uno encuentra cada día, pero que al tocarlos se desvanecen en el aire enrarecido de la locura. Un ensamblaje de piezas de ficción, de características fisionómicas, ambiciones personales, historias de vida y emociones únicas que por un período llenan todos los rellanos de la mente desocupados de realidad.

Pero Yesca era diferente. Era una loca cuerda. Una tocada, sí, que colmaba a la perfección todos los identificadores descritos en el vademécum de psicología clínica y al mismo tiempo una mujer que tal vez no estaba desquiciada en lo absoluto.

Esa foto era la prueba de su cordura.

Y si no lo era, representaba la primera clave en el camino que le daría el encuentro a la verdad. A la realidad tal y como la mayoría de los seres humanos la ven: algo que puedes tocar, oler, sentir.

Pero Yesca no era parte del común de la gente. Algo extraordinario la precedía, un hálito difuso que encubría los recovecos más distantes de un alma martirizada. Y ahora doblaban juntos una esquina para descubrir una historia que empezaba a revelarse en aquella foto.

Yesca se encontraba ensimismada. Casi podía sentir a su niña susurrándole las palabras que inundaban su corazón de amor.

«Mami. Mami».

Alucinaba que su ser se llenaba de la sensación de alegría que le provocaban esas manitas tocando su cara, rozando su cuello, su nariz, sus ojos. Los cabellos de la niña besando de a ratitos la parte de atrás de su oreja.

Y la brisa. Estaba segura que recordaba la brisa de ese día. Cordial, cálida, refrescante. Podría quedarse en ese instante para siempre.

«Mami… Mami… Te quiero así de grande».

La vio despegar los brazos que se agarraban con ternura de su cuello. Le mostró con sus dos manos qué tanto la quería.

«Así de grande, mami», la escuchó decir de nuevo.

Sonrió.

No se sintió tan libre, tan llena de vida, desde que saltó.

Por primera vez la esperanza la abrazaba con ternura.

Una niña, su niña, la esperaba en algún lugar del mundo. ¿Sería tan pequeñita como en la foto? ¿Sería mayor? No lograba calcular con solo mirar la fotografía cuánto tiempo podría haber pasado.

—¿Cuánto tiempo crees que habrá pasado? —Leandro preguntó, como leyéndole la mente.

La regresó a la realidad.

Miró sus brazos: su niña ya no estaba allí. La brisa dejó de acariciarla y el sol de verano se convirtió en neblina afuera de su ventana.

Enfocó la mirada sobre el presente. No podía creer que lo único que le quedaba de esa sacudida de alegría era la foto en su mano.

—¿Cuánto tiempo crees? —repitió. Y al tiempo de decir las palabras se dio cuenta de su gran error.

Yesca se descubrió acongojada, otra vez desnuda de pasado, cuando giró su cabeza hacia Leandro. Hubiese deseado quedarse en la emoción de amor tan completo y perfecto que le transmitía esa foto. Por unos momentos estuvo allí, la sintió, la olió. Su niña. Era mamá. Nadie le volvería a quitar ese recuerdo.

No le contestó. Contestarle sería como decir que aquel era el retrato de algo que sucedió hace mucho tiempo. De algo que ya no existía.

Se quedaron callados. Ella de pie, en el marco de la puerta, mirándolo sin mirar, tristeza absoluta reflejada en sus pupilas. Él, sentado al borde de la cama, con las manos sujetas con firmeza a la colcha, haciendo puños para morderse la lengua. Debía haber dejado que la paciente regresara sola a la realidad de aquella habitación, de Buenos Aires, del salto, de la consulta, del hospital psiquiátrico, de las medicinas y don O, y Charlie y Lore, y los muertos, y él, el doctor que fue impertinente, impaciente, y le estropeó la fantasía y tal vez el recuerdo verdadero.

Apretó los puños asiéndose del cubrecama. Contuvo la respiración. Frunció el ceño, esperó a que Yesca le indicara cuándo estaría por fin permitido de hablar.

—Siento que ya no es tan chiquita. Que me perdí de algo. Que me perdí de mucho. Siento que han sido años desde que la tuve junto a mí la última vez —dijo por fin Yesca. Miraba la foto con desesperación mientras hablaba, como si el mirarla con aquella intensidad la pudiese regresar al pasado.

Leandro dejó ir la colcha. Relajó sus manos sobre sus piernas.

—¿Por qué piensas eso? —le preguntó.

Yesca se resbaló sobre la madera encerada del marco de la puerta hasta que se sentó sobre la alfombra con las piernas cruzadas y puso la foto sobre sus rodillas.

—Es lo que siento —dijo y acarició la foto mientras se la llevaba a los labios para besar a la niña en el retrato.

Leandro se bajó a la alfombra y se acomodó junto a ella, casi dentro del clóset.

—Déjame verla —dijo estirando la mano.

Yesca puso la foto sobre su corazón y luego se la entregó a su doctor.

—Ten cuidado —susurro.

Leandro tomó la foto. La analizó por un momento con ojos de médico. Luego le preguntó:

—¿Recuerdas cuándo te tomaste esta foto?

—No.

—Tal vez el año… Qué estaba sucediendo en el país…

—No.

—¿Recuerdas en dónde te tomaste la foto? ¿Sabes si fue en Argentina?

—No me acuerdo.

—Tal vez fue en otro país, ¿tal vez cerca de donde vivían Charlie y Lore?

Yesca movió la cabeza en negación.

—No me puedo acordar…

—Tal vez recuerdes quién tomo la foto… ¿Tu marido, tal vez?

—¿Marido? No recuerdo tampoco…

—Y la nenita… ¿Recuerdas su nombre? Tal vez se llama Yesca, igual que tú…

Ella lo miró frustrada. No quería perder el tiempo discutiendo riduleces, pero igual le aclaró:

—¡No! De ninguna manera se llama Yesca. Ese no es mi nombre, doctor Leandro. Y si no es mi nombre, no es el nombre de mi bebé tampoco.

Yesca le arranchó la foto al doctor y la miró de nuevo. Sus ojos enrojecieron y se llenaron de lágrimas.

—No recuerdo nada, pero yo sé, ¡yo sé que esta es mi niña! ¿Me cree, no es cierto doctor? —dijo, pidiéndole con la mirada que le diga que sí le creía.

Leandro asintió.

—Sí te creo —le dijo—. Ahora la tenemos que encontrar…

—¿Y cómo vamos a hacer eso? —lloriqueó Yesca. Las preguntas la confundieron mucho y ahora le turbaba el desasosiego de anticipar que la felicidad de descubrir que era mamá se ensombrecería por la realidad de no saber nada más.

—Che… ¿Te vas a dar por vencida, tan rápido? —le susurró Leandro.

Yesca no contestó.

—Vamos… no seas así… ¿Viste que estás con el doctor Leandro? ¿Te olvidas con quién estás? Tengo reputación internacional. Soy conocido por resolver casos… ¿Viste? —le dijo empujándola levemente en el hombro.

Yesca sonrió.

—¿Me ayudará a encontrar a mi niña? —le dijo y le entregó la foto.

—Te ayudaré. Te creo y te prometo que encontraremos lo que tenemos que encontrar. ¿Confías en mí? —dijo Leandro levantándose del piso.

—Sí… confío…—contestó Yesca todavía dudosa.

El doctor estiró la mano para ayudarla a ponerse de pie.

—Entonces dame la mano para pararte y vamos a buscar algo de comer que si bien tengo entendido Sherlock Holmes comía una buena cena antes de ponerse a buscar pistas.

Yesca se rio y le tendió la mano. Los dos salieron del cuarto.

Durante la cena el doctor continuó con el interpelatorio. Que de dónde era. Que si recordaba su infancia. Que si sabía dónde estaba su marido. O si era casada, para tal caso.

Yesca se iba sintiendo más y más frustrada con cada una de sus preguntas. Entendía que era importante recordar algo, que cada detalle era útil, pero le parecía que nunca llegarían a donde ella quería: a indagar acerca de su bebé, de su *baby*, de la niña en la fotografía.

Trataba de concentrarse en lo que Leandro le iba cuestionando, pero su mente no podía mantenerse enfocada en ninguno de esos temas. ¿Cuál era la importancia de aquellos detalles si no la llevarían a encontrar a ese pedazo de su ser que la estaría esperando?

Sacó la fotografía de dentro de su blusa y la puso sobre la mesa. Se dio cuenta de que la colocó encima de un pocito de agua. La levantó, la secó con la servilleta de papel y la puso a su costado derecho, cerca de la ventana que daba a la calle, al lado del tenedor y el cuchillo.

Leandro detuvo la letanía de preguntas.

Desfiló los dedos por encima de la foto, sin llegar a tocarla.

—Es linda la nena, ¿no? —le dijo.

Yesca movió la cabeza, asintiendo sin mirarlo. Quería volver a sentirse en el campo con su niña, envuelta en el aroma de ese embelesamiento que le devolvía la ilusión, que le hacía sentir que quería vivir, que no volvería a saltar, que dedicaría su vida a encontrar a su hija.

—Es bella. Es mía —contestó.

Una lágrima le rodó por la mejilla y cayó sobre la foto.

Esta vez Leandro se apuró a secarla con su servilleta.

—Si está allá afuera, si hay una niña en este planeta que lleva tu sangre y te espera en algún sitio; por más lejano que ese lugar sea, la vamos a encontrar —le dijo colocando el retrato seco sobre la mesa.

Yesca lo miró agradecida. Confiaba en el doctor. No sabía por qué, pero se sentía a gusto con él, con sus palabras, con la manera en que le decía las cosas siempre tan tranquilo. No se ofuscaba el doctor, no perdía el paso con nada, no se hundía en la desesperanza de la realidad que contradecía lo que le estaba prometiendo.

Pero él era el doctor. Él era el psicólogo renombrado, el que tenía todos esos diplomas en la pared, y servicio especial de chofer para los pacientes que él seleccionaba. ¿La habría escogido a sabiendas de que era un caso difícil? ¿Le gustaba el reto de amnesia total? Amnesia total, como en las telenovelas… ¿y por qué podía recordar eso, ese dato tan inútil, y no todas las cosas que conformaban la persona que era ella? La verdadera ella. No este substituto, esta Yesca Limón. ¿A quién se le habría ocurrido un nombre tan ridículo? ¿Y cómo así tenía todas sus facultades mentales intactas cuando ni siquiera podía recordar dónde dejó a su niña?

—¿En verdad me ayudarás a encontrarla? —le dijo.

—No te voy a decir que el tuyo es un caso fácil, pero todo recuerdo deja huellas. Y esas huellas, por más tenues que sean, te llevan a un camino. Puede ser un sendero de barro y piedras al comienzo, pero con cada paso que das puedes ir recobrando más y más recuerdos; vas pasando por los pueblitos de la memoria, y llegas a unos caminos un poco más grandes, y ciudades, y autopistas… ¿viste? Hasta que llegas a la metrópolis donde están los recuerdos más importantes.

—¿Y cómo haríamos para llegar al caminito, doctor Leandro? —preguntó. Tenía un brillo en los ojos que el médico no percibió antes.

El mozo se acercó con una fuente, dejó dos platos de comida. Un sándwich de pechuga de pavo en pancito tostado con queso derretido y papas fritas de acompañamiento para él. Una sopa de verduras para ella. El doctor pidió dos tazas de café pasado.

—Todo está aquí adentro —le dijo, tocándose la cabeza.

Comieron ensimismados en sus pensamientos. Cuando terminó de tomar la sopa, Yesca le preguntó de nuevo:

—¿Cómo hacemos para llegar al camino que me llevará hasta mi hija?

Leandro le dio un mordisco a la última papa frita que quedaba en el plato, con parsimonia se limpió los dedos de la grasa y la sal que quedaron en ellos, y luego de doblar la servilleta de papel con el lado limpio mirando hacia afuera, la puso a un costado y respondió:

—Somos una mezcla de nuestro verdadero ser y de lo que queremos que otros vean. Una vez que remueves las mentiras, las falsedades, los adornos y las tretas; una vez que estás completamente desnuda frente al espejo, podrás ver la reflexión de tu auténtico ser y podrás liberar el espíritu que en este momento está conscripto en un papel que le incomoda, porque no es tu verdadera naturaleza.

—¿Cómo? —preguntó sin entender sus palabras.

Giannini cayó en la cuenta que debía ser más exacto con Yesca. Ella no entendía vaguedades.

—Piensa en todo lo que está en este momento tapando tu verdadero ser y decide liberarte de aquello.

La estaba confundiendo con tanta palabrería. No le estaba diciendo lo que ansiaba escuchar, lo que necesitaba escuchar en ese momento.

—Pero, ¿cómo? ¿Cómo voy a llegar a encontrar a mi niña? —insistió. Y de pronto notó que un ataque de furia le empezaba a subir por las piernas. Sintió la sangre pasando rápido, a borbotones, por la ingle. Hace tiempo leyó en algún sitio que eso podía ser señal de un ataque al corazón. *¿Qué tienen que ver las venas de las piernas con el corazón?*, se preguntó.

Quería pegarle a alguien o a algo.

Empezó a tirar con rabia la cuchara sobre el pocillo vacío.

Otras personas se voltearon a mirar.

Leandro la sujetó de la mano. Le quitó la cuchara y la puso despacio sobre la mesa, fuera de su alcance.

—Empezamos con la foto que tenemos y vamos para atrás, vamos llenando los huecos —le dijo con mucha serenidad.

Le soltó la mano. Yesca dejó de sentir la sangre amontonándose en su ingle, causándole un dolor extraño en un lugar en el que nunca pensaba.

Quedaron en silencio de nuevo. El doctor se pasó la servilleta por la boca, le dio tiempo para calmarse.

—Tal vez encontremos otras pistas en el apartamento —dijo Yesca.

—¿Qué recuerdas de ese día, de ese momento capturado en la foto? —preguntó Leandro colocando una tercera cucharada de azúcar en su café—. ¿Qué recordaste cuando estuvimos en el apartamento?

—Lo único que recuerdo son detallitos… las emociones, no los hechos actuales… —contestó Yesca.

—Los detalles son importantes. Quiero que me expliques eso. Dime lo que sientes, lo que ves, lo que hueles —contestó el doctor encaminándola.

Yesca respiró profundo, tomó la foto entre sus manos, cerró los ojos y le contestó:

—Recuerdo la brisa… el olor a champú de bebé… el latido del corazón de mi niña al lado del mío… el cosquilleo de sus cabellos largos tocando la parte de atrás de mi oreja… Y lo que me dijo…

—¿Qué te dijo?

—Te quiero así de grande, mami —contestó haciendo el gesto con sus dos manos.

Abrió los ojos. Se limpió las lágrimas con la servilleta sucia. La dobló hacia adentro, como vio hacer al doctor, y se la pasó por debajo de la nariz.

—Te quiero así de grande, mami —susurró. Pero esta vez no hizo el gesto, tenía la servilleta sobre los labios que ahora le temblaban.

Su rostro enrojeció.

Regresó a la realidad. Estaba sollozando frente a Leandro y todos esos extraños en el restaurante. Afuera de la ventana la oscuridad de la noche enmarcaba las miles de luces de la ciudad.

Leandro la acompañó esa noche hasta la puerta de su apartamento. No quiso pasar del umbral. Le dijo que avanzaron lo suficiente para ese día; que, si entraba a la casa, las cajas llenas de papeles serían mucha tentación y que terminaría desvelándose de nuevo buscando pistas. Le pidió que tratara de evocar otros detalles acerca del día de la foto. Le señaló que era importante rememorar en dónde se tomó ese retrato. Le pidió que se centrase también en buscar dentro de su mente quién era la persona delante de ella y la niña, que ubicará dentro de esa bruma amorfa que eran sus memorias quién les tomó la foto.

«Estos detalles son importantes porque te ayudan a situarte, a completar lo que no está dentro de la imagen, pero sí dentro del recuerdo que debes haber guardado en algún lugar de tu mente acerca de ese día», le dijo el doctor.

Le dijo que no le tema, que este era un recuerdo agradable que no le haría daño.

Yesca estaba exhausta. Le prometió que no buscaría nada más y que esa noche solo se concentraría en la foto.

Entró al apartamento, llegó a su cuarto, se tendió sobre la cama, miró la imagen de nuevo, sonrió, puso el retrato sobre su pecho y, sin pensarlo, se quedó dormida.

En su primer sueño, soñó que trataba de enfocarse en los elementos que no se veían en la fotografía. Buscó concentrar su atención en quién capturó ese momento. Realmente lo intentó, pero cada vez que fijaba su mirada en la persona delante de ella una ola de emociones cálidas, de amor y alegría, le nublaba la vista.

Luego tuvo otros sueños, todos musicales. Se despertó entonando la letra de su *"Popeye nació en Japón..."*.

Seguía tarareando cuando don O llegó a recogerla. Los dos llegaron coreando al consultorio.

—¿Y esa canción, de nuevo? —preguntó el doctor cuando la hizo entrar por la puerta falsa.

Yesca sonrió y siguió cantando.

«Popeye nació en Japón... debajo de un zapatón...», cantó sin inmutarse mientras se sentaba en el sillón en la consulta.

«Comiendo espinacas, igual que una vaca…», cantó don Ovidio mientras caminaba de regreso a la remisse que estacionó unos pasos más allá de la puerta.

«Popeye nació en Japón», se unió Leandro, cerrando la puerta y sentándose frente a Yesca.

—¿Y eso? —dijo Leandro.

—No sé —contestó Yesca—. Me desperté con esa canción resonando en mi cabeza.

—La cantaste otra vez cuando recién nos conocimos. ¿Te acuerdas? —dijo el doctor haciendo una anotación en su libro de apuntes.

— Ummm… sí… sí me acuerdo. Qué raro, doctor, ¿porque me vendrá tanto a la mente esa canción? —preguntó Yesca.

Se le veía calmada. Relajada, incluso, en comparación al día anterior.

Leandro distinguió la situación perfecta para ayudarla a recordar. Su amnesia podría ser obstinada, pero él siempre triunfaba. Y esta vez no iba a ser diferente que con los pacientes anteriores.

—Las canciones también conforman nuestros recuerdos —le dijo.

—¿Esto de «Popeye» podría ser una pista? —le contestó casi risueña.

—Todo es clave. Lo importante es comprender por qué… ¿Qué es lo que te hace evocar esa canción en repetidas ocasiones? A veces, cuando hemos tenido trauma, la mente bloquea el recuerdo. En tu caso, en-

contramos unas cuantas cosas más que no te quise co-
mentar hasta que estuvieses fuerte —explicó mientras
arrimaba su silla un poco más cerca de Yesca.

—¿Otras cosas? ¿Qué cosas? —replicó asustada.

—En el hospital, después de que caíste, no sé si
recuerdas, pero te hicieron pruebas, te tomaron tomo-
grafías…

—No recuerdo, pero no quiere decir que no haya
sucedido. Lo que sí recuerdo es haberme sentido como
ida, como liberada…

—Te encontraron algún tipo de droga en el orga-
nismo. No pudieron especificar qué… ¿tal vez algo que
compraste a alguien en la calle? ¿Recuerdas eso? Quizá
algo que hiciste un poco antes de saltar… ¿Recuerdas?

Yesca lo miró confundida y luego se sintió avergonzada.

—¿Algo para calmar los nervios? —preguntó abochornada.

—Algo así.

—Creo que sí. Eso sí lo recuerdo más o menos…

—¿Qué es lo que viene a tu mente? ¿Con quién
estás?

Yesca se sobó las manos y se mordió el labio.
Dudó por un instante de la certeza de su memoria, pero
igual le dijo:

—Me veo con un hombre. Es un desconocido. Es
de aquí, de Buenos Aires. Le pido, le ruego que me

ayude a borrar toda mi memoria —dijo y se detuvo fascinada por su revelación.

El doctor sonrió a medias. La evidencia empezaba a brotar.

—¿Puede ser cierto, Leandro? ¿Existen drogas que te borran todos los recuerdos? —Yesca preguntó. Se sentía indefinida acerca de lo que le contó, pero le parecía que tal vez era verdad; que aquello era en efecto lo que le sucedió.

—Existen drogas. También brebajes que usan en el pueblo. ¿Recuerdas si estabas en una farmacia o en algún otro lugar, una botánica o algo así?

—Definitivamente no estaba en una farmacia. Tal vez, como tú dices, estaba donde un curandero.

Leandro fue hasta su escritorio y sacó un reporte de entre la ruma de archivos apilados a un costado de la pantalla de su computador.

Yesca se levantó. Cruzó los brazos sobre su pecho. Le preguntó:

—¿Qué es eso?

—Esto es algo que te quiero mostrar —contestó y le enseñó unas radiografías.

Yesca las miró y luego, desconcertada, giró la cabeza hacia Leandro. No entendía.

—¿Ves esto, aquí? —señaló el doctor con el dedo—. Esta no es la primera ocasión que intentas matarte… ¿no es así?

Yesca se acercó a la radiografía, pasó sus dedos encima de los huesos que el doctor decía estaban fracturados desde antes de su último salto. Veía lo que Leandro le estaba señalando, escuchaba a lo lejos su voz, explicando un accidente que él decía ocurrió en el pasado. Un accidente que en realidad no fue un accidente. Si intentó matarse antes, lo ocurrido ahora no era accidental. La gente no se suicida de manera fortuita.

Los recuerdos más recientes de pronto regresaron. Como maremoto inundaron su cerebro de manera desorganizada, colocándose en donde pudieran. Su vida en Argentina. Su última vida nueva en Argentina. Huía de alguien, quería desaparecer por completo, quería proteger a esa niña, sabía que estaban cerca de encontrarla y entonces ¿qué? Quería borrarse, pero para proteger a su niña.

El impacto de ese video difuso la hizo tambalear, estremecerse aterrorizada. El secreto que luchó por enterrar junto con su cuerpo se asomaba con rapidez.

Decidió confiar en Leandro. No sabía por qué, pero se sentía segura cuando estaba cerca de él. Quizá era el hecho de que era doctor. Quizá era su tono de voz sosegado, sus ideas certeras, su mirada que parecía reflejar lo que ella estaba pensando.

No estaba segura de lo que estaba diciendo, pero igual lo soltó:

—Casi te puedo decir con certeza que mi nombre no es Yesca Limón. Si me traté de quitar la vida dos veces, como tú dices, siento que no fue por las razones que tú imaginas, sino para proteger a mi hija de gente mala… de gente muy mala que me persigue.

Abrazó a Leandro cuando terminó de expeler lo poco que reconocía como real. Temblaba.

El aire olía a polvo. Estaba en su apartamento, pero podía oler el polvo que se levanta en el campo cuando va a llover. Polvo con humedad. Se sintió la cara seca, los brazos también. Sentía que una capa de polvo gruesa, como la de estar en el carro con las ventanas abiertas en un caminito en el campo, se había asentado sobre su piel.

Leandro regresó con ella al apartamento esa tarde. Le indicó que tenían que buscar más pistas, más pruebas de que lo que estaba diciendo era verdad. Que una niña la esperaba en algún lugar del mundo y que ella escogió quitarse la vida antes que entregarles a esas personas que la perseguían los recuerdos que protegía con fiereza.

Le pidió que se recostara en su cuarto mientras él miraba de nuevo dentro de las cajas en el clóset. «Solo cuando callamos el resto de ruidos a nuestro alrededor podemos escuchar las palabras del corazón dentro de nuestra mente», le dijo para alentarla.

Ella no le batalló. Se sentía cansada.

¿Por qué, si traté de borrar mis recuerdos para proteger a mi niña, me pide ahora este doctor Leandro que le diga a mi memoria que regrese?, se preguntó.

Se quitó los zapatos y se tendió sobre la cama. Se quedó dormida encima del cubrecama. El olor a polvo mojado entrando por las ventanas de su automóvil la despertó.

Se levantó y se fue al otro cuarto.

—Era casada —le dijo a Leandro desde el umbral de la puerta del cuarto de visitas.

Él se había acomodado encima de la cama. Estaba tendido a lo largo, con una almohada en la espalda, y varias pilas de papeles amontonadas en el espacio que quedaba.

Levantó la cabeza. Colocó los documentos que tenía en las manos sobre la colcha.

Yesca regresó a su cuarto. Leandro la siguió.

Esta vez ella se tumbó cruzada sobre la cama, boca abajo, de espaldas a la puerta. Escuchó que Leandro le habló:

—¿Estás segura?

Se aproximó a la cama, caminó hasta el otro lado para conversar con ella frente a frente.

—Sí… —susurro—. Creo que le sucedió algo… que a él le pasó algo malo… Seguro que por eso no puedo ver su rostro.

Leandro se sentó a su lado. Yesca volteó la cara, acomodó su cabeza sobre el brazo que hacía de almohada.

—Dime qué más. ¿Qué ves? —le preguntó el doctor, acercándose a ella.

—No veo nada. ¿No te dije ya? —Yesca contestó frustrada.

—¿Qué te hace pensar que eres casada, entonces?

—Es lo que siento. Cuando veo la foto siento tanto amor. Y no es solo la niña, sé que hay otra presencia, otra energía en ese mismo instante, y que esa persona es a la que amo.

El doctor intentó moverse más cerca. La ayudó a sentarse en la cama, frente a él.

—¿Cómo puedo haber sido una buena madre si no tengo la valentía de estar junto al ser que juré proteger? ¿Si ni siquiera en mis memorias la puedo evocar? ¿Si ni siquiera recuerdo su nombre…? ¿Cómo puedo permitirme sentir el susurro de sus labios pequeñitos cerca de mi piel diciendo «te quiero»? ¿Cómo es que en esta locura sí me puedo imaginar haciendo y diciendo todo lo que las madres normales hacen y dicen, si fui yo la que la abandono? ¿Cómo? Explícame cómo —Yesca le dijo sollozando.

Leandro la dejó moquear un rato. La alentó a desahogarse, a sacar lo más posible en sus lágrimas, en sus palabras.

—No te diré cómo. Eso tú lo sabes muy bien. Más bien te quiero preguntar si te has detenido a pensar por qué.

Yesca se sonó la nariz con el último pedazo limpio disponible en la servilleta. Todavía podía oler la tierra mojada de campo en el aire. Miró la foto y de repente se sintió en paz.

—¿Qué le dirías si de pronto tu niña estuviese frente a ti? —preguntó Leandro.

Yesca se quedó en silencio. No encontraba el valor para responder.

—¿Qué le dirías? —repitió el doctor buscando su mirada.

—Me quedaría callada. ¿Qué se le puede decir a alguien que has abandonado? La dejaría hablar, decirme cuánto me detesta. La dejaría gritarme, decirme que no tiene idea de quién soy yo, que hace tiempo que dejó de soñarme, que se acostumbró a ser la gringuita huerfanita.

Leandro se levantó de un brinco. Se paró frente a ella y le dijo:

—Espera. Retrocede. Repite lo que acabas de decir.

—¿Qué le dirías a alguien que has abandonado?

—No, lo otro…

—¿La dejaría gritarme?

—No. No. ¡Lo otro!

—Que hace tiempo dejó de soñarme, de invocar mi nombre.

—No dijiste eso último, lo acabas de agregar, pero tampoco es eso… Dijiste algo de «gringuita huerfanita».

—¿Que estaba acostumbrada a ser la gringuita huerfanita?

—¡Eso! ¡Eso! ¿Por qué escogiste esas palabras: gringuita huerfanita?

Yesca lo miró confundida. Le dio vuelta a la servilleta y se sonó de nuevo con el lado del papel que tenía moco seco.

—No lo sé… ¿Es importante? —respondió mientras buscaba otra servilleta para sonarse la nariz.

Leandro abrió la boca, pero no llegó a emitir un sonido. Sin esperar a que el doctor le contestara la pregunta, Yesca se levantó y se fue para el baño. Rasgó un par de vueltas del rollo de papel higiénico y regresó a la pieza. Leandro seguía de pie, Yesca se sentó al borde de la cama. Se sonó la nariz y le preguntó:

—¿Por qué es importante?

Leandro se sentó a su costado.

—Piénsalo, Yesca. Si escogiste las palabras «gringuita huerfanita» es porque tu propia mente está tratando de decirte algo. ¿Tal vez que tu niña está en Estados Unidos?

Yesca se quedó callada. Se llevó el papel hasta rozar la nariz pero no se limpió.

—¿Tendría sentido? ¿Tal vez soy del lugar de donde son Charlie y Lore? —dijo Yesca.

—Sí. Eso mismo —contestó Leandro—. ¿Te acuerdas dónde es eso?

Yesca se bajó de la cama y, sin decirle una sola palabra más, se fue a la sala y se puso a buscar dentro de las cajas.

Leandro la siguió, se sentó en el sofá. No dijo nada por unos minutos, luego preguntó:

—¿Qué hacés? Te fuiste en medio de la conversación...

Yesca lo miró frustrada.

—¿Se acuerda de dónde son Charlie y Lore? —contestó mientras rebuscaba dentro de las cajas.

—No... —contestó Leandro.

—Pues yo tampoco. ¿Y cómo voy a encontrar a mi hija si no sé adónde ir?

—Perdona. Te ayudo, ¿estamos? —dijo Leandro, sentándose al lado de ella en la alfombra.

Continuaron en silencio por un tiempo largo, abriendo las cajas desparramadas por el suelo de la sala, rebuscando en sus interiores, deteniéndose de rato en rato cuando encontraban algún otro papel de interés y lo separaban, colocándolo en una ruma especial que leerían cuando tuvieran un lapso de tiempo para concentrarse en ella.

Pasaron media hora en esta pesquisa. Leandro ya se estaba cansando cuando Yesca por fin declaró victoria.

Le mostró el artículo:

Charles Frederick Buntley y Lauren Sophia Buntley-MacKinney fueron asesinados en un lago cerca de la Universidad Northwestern, en Evanston, Illinois.

Leyeron en silencio. Los dos se encontraban de rodillas al lado de la caja donde Yesca localizó el recorte.

—¿Te trae recuerdos? ¿Algo? ¿Alguna cosita? Por más mínima que te parezca… —preguntó Leandro.

Yesca negó con la cabeza, dejó el recorte sobre la mesita de centro. Le respondió:

—El Charlie y la Lore que vi en Buenos Aires son mucho más reales para mí que la gente de la que hablan en este artículo —dijo apenada.

—¿Las fotos no te traen recuerdos? ¿No te hacen evocar nada? ¿No te producen ninguna emoción?, ¿ningún sentimiento? —dijo Leandro mostrándole el recorte.

—Nada. Por eso ni me llamó la atención la primera vez que encontramos los recortes. No pude conectar el artículo con mis amigos. Estas personas son tan ajenas a mi vida como el presidente del Congo y su primera dama —contestó Yesca, sentándose en el sofá—. Aparte que usan sus nombres formales y unas imágenes que no los representan para nada… para mí es como si estuvieran hablando de personajes desconocidos.

Leandro se sentó a su lado, insistió:

—Y el lugar… ¿la Universidad Northwestern?

—Nada… siento un vacío…

—¿Evanston?

—No…

—¿El lago? Dice aquí que fueron asesinados en un parque cercano, en el Burnton Shores Park… y luego arrojados al Lago Michigan… ¿Lo recuerdas? ¿Recuerdas alguno de estos lugares? —exhortó el doctor.

—No recuerdo ninguno de esos lugares… Los nombres no me evocan nada, doctor Leandro. ¿No se da cuenta que no puedo recordar? *Mother fucker, son of a bitch, this is so fucking frustrating* —Yesca respondió, golpeándose la cara con un almohadón.

Leandro se arrodilló frente a ella, al filo del sofá. Le topó la mano para que suelte el almohadón con el que se cubrió con fuerza todo el rostro.

Yesca se destapó la cara. Lloraba lágrimas de frustración.

—¿Pero tú recuerdas el día en el lago con Charlie y Lore? Tal vez no con las personas que salen en esta foto de periódico, pero sí con Charlie y Lore… ¿verdad?

Yesca asintió. Se limpió las lágrimas. Cerró los ojos y medio sonrió antes de hablar:

—Es un día lindo, de media estación, cuando las hojas empiezan a cambiar colores y todo se ve en rojos y naranjas, unos tonos preciosos que te envuelven.

Hace frío afuera, pero los árboles matizan la temperatura, le dan una calidez, una belleza que te envuelve —dijo Yesca. Abrió los ojos, pero no veía al doctor, sino que tenía la mirada fija, como si estuviera en la escena que estaba describiendo.

—¿Qué más? ¿Qué otras cosas ves? ¿Qué sientes? —dijo Leandro.

—Me siento contenta. Charlie está haciendo bromas. Lore está alegre también. Charlie nos dice que nos quitemos la ropa y nos metamos al lago desnudas. «*Let's go skinny-dipping*», eso es lo que Charlie dice. Lore se ríe de él, me toma de la mano para jalarme para un costado. Me quiere contar algo, un secreto —Yesca continuó.

—¿Tú estás enamorada de Charlie? —preguntó el doctor.

Yesca cambió de actitud, se salió de la zona de recuerdos vívidos, fijó los ojos en Leandro.

—Vamos nena, dime la verdad... Aquí, entre nos... —incitó el doctor.

—Me gusta, pero desde lejos... Charlie es el esposo de Lore —contestó Yesca avergonzada—. Y Lore es mi mejor amiga.

—Tienen que ser las mismas personas. ¿Cómo es posible que no te acuerdes? —dijo Leandro casi en un susurro—. Vamos a buscar algo en la computadora en mi oficina. Pon el artículo en tu bolso y vamos para la consulta.

Entraron al consultorio por la puerta de atrás. El edificio estaba vacío y a oscuras. Leandro encendió una lamparita en su escritorio y le pidió a Yesca que se sentase cerca mientras encendía su computadora.

—¿Para qué hemos venido al consultorio de noche? —preguntó Yesca mientras esperaban.

—Es que tú no tienes conexión de Internet. Necesito mostrarte algo. Tengo una idea que tal vez nos ayude —contestó el doctor preparándose una yerba mate.

Leandro se acomodó en una silla frente al computador. Corrió sus dedos sobre el teclado por unos segundos. Era la primera vez que Yesca lo veía tan entusiasmado.

—¿Y? —preguntó Yesca, levantándose y caminando hacia el otro lado del escritorio para pararse detrás del doctor.

—Paciencia —contestó Leandro— esta computadora es demorona, ya debería estar en el anticuario. Acomódate muchacha. Jálate la sillita que está al lado del librero —le dijo, apuntando con la mano hacia la silla.

Yesca jaló la silla y se sentó cerca de Leandro.

—Estos mapas con satélite son fantásticos, vas a ver —dijo terminando de escribir en el teclado.

Le acercó la pantalla para que vea bien. La imagen satelital mostraba un parque al lado de un lago de un azul intenso. El marcador leía: *"Burnham Shores Park"*.

—¿Algo? ¿Te hace recordar algo? Este es el parque en donde Charlie y Lore fueron asesinados...— dijo el doctor.

Yesca fijó la mirada en la pantalla por un segundo y de inmediato reaccionó a la imagen.

—¡Evanston! ¡Evanston, Illinois... al norte de Chicago! Ese es el lugar, ese es el parque, ese es el lago, ese es el lugar, doctor Leandro —Yesca chilló asustada, levantándose de la silla—. Ellos me acogieron, fueron mis amigos... ¡Ellos me ayudaron a esconderme con mi niña en su casa! ¡Es por mi culpa que murieron!

Leandro apagó el monitor. Corrió a atajarla en la puerta cuando se dio cuenta de que Yesca estaba a punto de salir corriendo. La llevó hasta la salita de su consultorio y la sentó en el sillón.

—Dime todo lo que recuerdes de Charlie y Lore... —pidió Leandro.

—Recuerdo el día en el lago, el día de otoño que le estaba contando antes... —Yesca respondió. Se había calmado.

—Dijiste la otra vez que te sentías atraída a Charlie... ¿Sabes qué paso? ¿Sabes si alguna vez tú y él... tú sabes, si fueron íntimos? —preguntó Leandro pasándole un almohadón para que pudiera abrazar algo mientras hablaba.

Yesca lo miró asqueada.

—¡Doctor Leandro! —le contestó, asiéndose al cojín con fuerza—. ¿Cómo se le ocurre? Me gustaba, pero era el esposo de mi amiga, de mi mejor amiga... Y era el ser más bondadoso que he conocido en mi vida entera.

—Y, bueno, como me contaste que se metieron al agua desnudas... —contestó avergonzado el doctor.

—Fue una broma, solo una payasada para romper con el estrés que veníamos cargando... —contestó Yesca.

—Entonces... ¿recuerdas qué pasó? ¿Recuerdas por qué los mataron? ¿Recuerdas quién los mato? —preguntó el doctor.

Yesca se levantó y se acercó al escritorio. Encendió la pantalla.

—¿Podemos ver esa imagen de nuevo, doctor Leandro?

El doctor se sentó en la silla frente al computador, hizo unos cuantos clics hasta que nuevamente apareció la imagen del parque frente al lago.

—¿Se puede acercar a las calles con esta cosa? —Yesca preguntó.

El doctor hizo un par de clics para mostrarle.

—Te puedes acercar. Te puedes alejar. Puedes deambular por las calles como si estuvieras allí en persona. Es como si tuvieras una cámara apuntada al mundo y tú eres el que la maneja. ¡Fenómeno! ¿No?

—¿Podemos ir por las calles, entonces? —dijo Yesca—. ¿Podemos ir, por decir, desde el parque hasta estas casitas aquí atrás? —preguntó tocando la pantalla.

El doctor hizo clic en el ratón y empezó a avanzar con la cámara satelital, pasando por encima de los techos de las casas en las inmediaciones del parque.

—Para arriba. Más arriba. No. No hacia el lago, hacia las casas… doctor, ya pues, no juegue tampoco ¿no? —dijo Yesca guiándolo.

El doctor regresó la cámara hacia tierra firme y empezó de nuevo. Subió hasta donde estaba la Universidad Northwestern, y se estacionó cerca de las canchas de fútbol que miraban al lago.

—¿Por allí? —preguntó volteando a mirar a Yesca.

—¿Se puede aproximar más? Como si estuviera en el suelo mismo —contestó Yesca, acercándose al monitor.

Leandro movió el ratón de nuevo, cambiando la perspectiva para fijar la imagen como si estuvieran parados en la cancha de fútbol. Esperó unos segundos a la reacción de Yesca.

—¿Es por aquí, Yesca?

—Me parece conocido, como si hubiera estado allí antes, pero no es lo que busco… —contestó Yesca, poniendo su mano sobre la de Leandro para guiar el movimiento.

El doctor sintió la respiración de Yesca cerca de su cuello y saltó de su asiento.

—¿Querés sentarte, mejor? Así estás más cómoda, ¿no te parece? —le dijo, ayudándola a acomodarse frente al monitor.

Yesca tomó el ratón y empezó a moverlo. Primero se salió por completo del mapa. Se rio. Volteó a mirar a Leandro.

—Si quieres acercarte, aprieta aquí. Si quieres alejarte, aprieta aquí. Y para moverte a los costados, le haces así nomás… ¿Listo? —dijo Leandro enseñándole cómo guiar el ratón encima del mapa satelital.

Yesca asintió y volvió a tomar control. Esta vez se dirigió al parque y empezó a trazar líneas rectas paseando la cámara por cada una de las calles colindantes, empezando en las líneas del ferrocarril, a unas cuantas cuadras del lago, y terminando en Burnham Shores Park.

Leandro la miraba en silencio.

Pasó por Dempster Street, Burnham Place, Sheridan Road, Lake Shore Boulevard y Michigan Avenue. Cuando llegó a las inmediaciones de las paralelas de Lee Street y Main Street, Yesca se percató de que estaba en otro parque y regresó a la zona de Burnham Shores.

—¿Qué es lo que estás buscando, exactamente? —preguntó Leandro.

Yesca lo miró sin decir nada y continuó moviendo el ratón encima de las calles cercanas al parque.

—Estoy buscando acordarme —susurró unos segundos después—. Si encuentro la casa, la calle... tal vez me acuerde de detalles...

—Sí, claro, por supuesto. ¿En qué te puedo ayudar? —contestó Leandro, acercando la silla al monitor. Podía sentir la fragancia de Yesca invadiendo el aire que respiraba. Llevaba puesta un agua de colonia para bebé.

—Es una calle que tiene como dos nombres. Algo de árboles... —contestó Yesca, moviendo el ratón sobre un área del mapa.

De pronto se detuvo frente a una casa en Greenleaf Street. La calle daba derecho desde la línea ferroviaria hasta el parque.

—Esta es —dijo. Sus dedos temblaban encima del ratón—. Esta es la casa de Charlie y Lore.

—¿Qué recuerdas, Yesca? ¿Por qué estabas allí? ¿Por qué asesinaron a tus amigos? El periódico no da esos detalles, solo tú sabes qué pasó en realidad —dijo Leandro girando la silla en donde se encontraba sentada Yesca hasta encontrarle la mirada.

Yesca cerró los ojos.

—Lo único que recuerdo es que nos estábamos escondiendo allí. Mi niña y yo. Nos estaban persiguiendo y... —dijo.

Leandro se arrodilló frente a ella.

—¿Y qué más? ¿Por qué estabas allí? —Leandro preguntó.

—Charlie y Lore eran mis amigos de la universidad… Ellos se quedaron en Evanston y yo me mudé… Eran los únicos en quienes podía confiar…

—¿Por qué? ¿Por qué necesitabas esconderte? ¿Por qué allí?

—No los había visto en años. Luego algo pasó, algo terrible, y me acordé de ellos y me fui para allá. Necesitaba protección y allí nadie me encontraría… No los había visto en años. No pensé que los pondría en peligro. No pensé. No pensé… Solamente quería un lugar donde refugiarme… Solo unos días, nada más… —Yesca contestó sollozando.

—¿Quién te perseguía, Yesca? ¿Quién te quería hacer daño? —contestó Leandro.

Yesca volteó hacia el monitor, puso su mano sobre la pantalla y dijo:

—Perdónenme… *Please, please forgive me… please… I didn't mean to cause you harm…* Perdónenme…

Leandro la dejó llorar, se fue para la cocinita a servirse una yerba mate. Cuando regresó, le dio una taza con anís a Yesca y luego retornó al interrogatorio:

—¿Quién te persigue? —preguntó.

Yesca no le contestó. Todavía no se recuperaba de la horrorosa sensación de culpabilidad por haber causado la muerte de sus amigos. Continuó llorando con la palma de la mano pegada a la pantalla del monitor.

Leandro se sentó en la silla al lado de Yesca y bebió del mate en silencio. A los pocos segundos se levantó para buscar la caja de Kleenex. Cuando la encontró, la puso al lado de Yesca.

—No recuerdo quién me busca o por qué, pero sí sé que son los mismos que asesinaron a Charlie y Lore —dijo Yesca jalando un pañuelito y secándose las lágrimas y las babas y el moco que se sobó por toda la cara en los veinte minutos que lloró sin descanso con la mano encima de la pantalla del monitor.

Luego de terminar de sonarse la nariz y de limpiarse el maquillaje corrido, se arregló el pelo. La colonia de Yesca se había mezclado en el aire con el aroma del anís. La luz azulina de la lamparita hacía aparecer sus ojos desmesuradamente hinchados.

Echó un poco del anís sobre el platito de la taza y lo sorbió desde allí.

—Está muy caliente —dijo tratando de forjar una sonrisa que le quedó más parecido a una mueca. Le daba vergüenza que Leandro la viese en ese estado emocional.

—¿Cómo sabes que son los mismos? —contestó Leandro.

Yesca lo miró. Se arregló la ropa. Se pasó los dedos por las cejas. Puso un poco más del anís sobre el platito y lo sorbió.

—¿Le has puesto un calmante a este tecito? Me estoy sintiendo mucho más relajada —dijo Yesca.

—¿Cómo sabes que son los mismos? —volvió a preguntar Leandro.

—Son sus ojos. Yo los vi... Yo... los vi... —dijo Yesca levantándose de su asiento y cortó lo que iba a decir a media oración.

—¿Qué? ¿Los viste... qué? —replicó Leandro.

—*Oh... my... God...* —dijo Yesca, poniéndose las manos sobre la boca.

—¿Qué? —dijo Leandro.

—Yo los vi cuando asesinaron a mi marido y los vi cuando asesinaron a Charlie y Lore... Son los mismos ojos —contestó Yesca.

—¿Fuiste testigo de dos asesinatos? —preguntó Leandro.

—¡Por eso estaba tratando de refugiarme en Evanston! Doctor Leandro: no solamente fui testigo del asesinato de mi marido, sino también del de mi papá...

—¿De tu papá también? —preguntó el doctor, empezando a entender la cuantía de la pérdida de Yesca. Las razones que la habrían llevado a querer acabar con el tormento de haber permanecido viva luego de haber visto con sus propios ojos la muerte de cuatro personas tan cercanas.

Yesca asintió. Todo el cuerpo le temblaba. Empezó a tiritar.

Leandro le pasó el almohadón para que abrazase algo. La ayudó a sentarse. Le sirvió anís en el platito y se lo puso en sus manos.

Yesca lo sorbió, miró su imagen reflejada en el poquito de líquido que quedaba sobre la superficie del plato. Una lágrima cayó en el charquito e hizo una pequeña onda.

—Era por algo de dinero. El día que vinieron a mi casa, el día que asesinaron a mi papá y a mi marido, yo no estaba con ellos… salí temprano a la tienda con la niña. Ahora que lo pienso: era de noche en realidad, o tal vez el crepúsculo y por eso veo día y noche en mis recuerdos. Mi papá y mi marido estaban conversando de negocios y la cerveza se acabó. Así que me llevé a la niña y nos fuimos a comprar trago y otros bocaditos. También leche, que faltaba. Cuando regresé, noté la puerta abierta. Estaba por bajarme del carro cuando escuché los disparos.

—¿Los viste? ¿Los fuiste a auxiliar? —preguntó el doctor.

Yesca lo miró. Negó con la cabeza.

—Es que no sé la razón, no le puedo decir la razón en este momento, mejor dicho, pero yo sabía que estaba en peligro, que no me podía acercar, ni siquiera llamar a la policía… —contestó, apachurrando con fuerza el almohadón que reposaba sobre sus piernas.

—Y entonces, ¿cómo sabes que son los mismos? —preguntó Leandro.

—Me estacioné a una cuadra de la casa y los vi pasar cuando salieron de allí. Uno de ellos volteó y me miró directo a los ojos y sonrió —contestó Yesca.

—Debe haber sido aterrador —dijo Leandro, sirviéndole un poco de anís sobre el plato.

—Lo fue. Y de alguna manera me encontraron en Illinois… y cuando no me encontraron en la casa ese día, torturaron a mis amigos para sacarles la información. Pero yo estuve allí todo el tiempo. Me escondí en el ático con mi niña… en un apartado oculto que Charlie y Lore construyeron por si se presentaba la necesidad… Ellos no me pudieron encontrar, pero yo vi todo lo que sucedió… Doctor Leandro, es mi culpa.

Yesca tenía bastante claro quiénes eran Charlie y Lore, y dónde y cómo fueron asesinados. Murieron en su casa y los encontraron flotando en el lago. Se imaginó que los asesinos hicieron aquello para que las muertes calculadas de sus amigos apareciesen como el desenlace de un robo frustrado en el parque. También podía por fin "ver" en sus recuerdos que aquellas personas, dos hombres, eran los mismos que pocas semanas antes asesinaron a su esposo y a su padre.

Lo que no podía recordar era por qué, o cuál era el nombre de su esposo o de su padre, cuál era el nombre de su niña; y lo más importante: en dónde la dejó.

—Los recuerdos que tengo no tienen ninguna utilidad —Yesca le declaró al doctor Leandro cuando lo vio al día siguiente.

Leandro sonrió. La hizo sentarse. Le pasó una taza con anís que acababa de prepararle y luego de tomar un sorbo de su yerba mate, le dijo:

—Tengo un plan.

Yesca no le contestó. Sin mirarlo, colocó el anís sobre el plato y se lo tomó despacio.

—¿No me vas a preguntar? ¿No quieres saber mi plan? —dijo Leandro.

—¿Para qué indagar más? Le podría costar la vida a alguien... Y usted, doctor Leandro, no está excluido —dijo.

—No puedo creer que te vas a dar por vencida. ¿Y tu niña? —contestó Leandro.

—Justamente. ¿No ve que todo el asunto de borrar la memoria es para protegerla? ¿Que tal vez esa gente que me busca ya está bien cerca...?

Leandro la miró apenado. No era el primer caso en el que trabajaba que aparentaba no tener salida, pero sí el primero en donde se mezclaban el instinto de protección materno, aferrándose con tanta resistencia a los secretos, junto con aquella sensación de final del camino que hace tan difícil sobrepasar en terapia los obstáculos que la mente coloca, deteriorando con terqueza la situación hasta que el paciente solo puede contemplar dar todo por finalizado.

—Escúchame primero y luego decides. ¿Estamos? —contestó el doctor.

Yesca empezó a levantarse, quería salir de allí, irse de Buenos Aires. Esconderse en algún otro lugar, eso es lo que su instinto natural le urgía hacer. Tal vez intentar de nuevo proteger a su hija con su muerte, llevarse los secretos que no recordaba a su tumba. Y aun con esos deseos tan fuertes acercándola al precipicio, encontraba que algo acerca del doctor Leandro la calmaba, que le daba esperanza dentro de esa desesperanza tan oscura en donde se veía en ese instante.

Se sentó de nuevo.

—Está bien —dijo Yesca.

—¿Está bien? ¿Segura? —preguntó el doctor.

—Sí.

—Está bien entonces —sonrió Leandro—. Mirá: yo podría, con unos favorcitos aquí y allá, pasar tus huellas digitales a unos amigos que tengo en el FBI o en el Interpol, viste, podríamos averiguar sin mucho problema quién eres.

—No —reaccionó Yesca—. No. De ninguna manera. No.

—Cálmate. Déjame terminar: pero no lo voy a hacer porque entiendo que podría ponerte a ti y a tu niña en peligro. No sabemos con quién estamos lidiando… ¿verdad?

Yesca asintió. Buscó un almohadón en el sofá y lo abrazó.

—Entonces, ¿qué? —preguntó.

—Entonces, vamos a jugar a los detectives. Primero, ponte la gabardina, que vamos a salir a buscar a la persona donde compraste el brebaje para borrar la memoria.

—Pero yo no recuerdo dónde fue eso… —dijo Yesca sin levantarse del asiento.

Leandro le ofreció el abrigo, la jaló del sillón hasta levantarla y hacerle que se ponga el saco de media estación.

—Prefiero no saber. Si salté para irme a la tumba con mi secreto, para qué ponerlo al descubierto ahora… No tiene sentido… —Yesca reclamó, volviéndose a sentar.

—No temas, esta vez estaré contigo. No vas a estar sola, te prometo —contestó el doctor, jalándola de la mano para levantarla.

De a poquitos Leandro la fue llevando hacia la puerta y luego hasta la limusina, empujándola poco a poco cada vez para obligarla a avanzar. Yesca puso algo de resistencia, se detuvo más de una vez e intentó desandar, de regresar hasta la puerta del consultorio, pero Leandro la fue convenciendo hasta que llegaron al automóvil.

Se sentaron en el asiento posterior de la remisse. Don O se acomodó al volante.

—¿Adónde? —preguntó el chofer mirando por el espejo retrovisor.

El doctor se apoyó con el brazo sobre el respaldar del viejo y le contestó:

—Nos vamos a ir de paseo por la ciudad. Vamos a recorrer todas las avenidas más grandes de punta a punta.

—¿Todas, doctor Giannini? Nos podría tomar el día entero —contestó el viejo sin voltear.

El doctor le dio una palmadita desde atrás.

—Todas, don O. Y si nos lleva las quincipico horas que quedan de hoy… e incluso si nos demoramos hasta mañana… o hasta pasado mañana… Todas —contestó y se volvió a acomodar en el asiento al lado de Yesca.

Don O volteó.

—¿Y se puede saber por qué estamos de gira por toda la capital? Tal vez si me da una clave, yo tendría una idea para llevarlos directo —dijo y regresó a poner sus manos sobre el timón al tiempo que sintió un aguijoneo en el cuello. Girar para conversar con los pasajeros le causaba mucho dolor en la nuca.

—Estamos buscando un lugar. Una consulta en donde la señorita… señora… señorita Limón compró unas "pastillas" especiales… ¿o serían unas yerbitas?, ¿eh, Yesca? —dijo haciendo el gesto de fumarse un porro—. ¿De casualidad conoces en dónde se podría comprar algo para borrar la memoria?

—¿Me está hablando en serio, doctor Giannini? ¿Se puede de verdad borrar la memoria? —contestó el viejo, pero esta vez no volteó.

—Claro que sí. La señorita Yesca tiene amnesia… tiene un tipo de amnesia que yo he identificado como de "fuga disociativa". Es una amnesia temporal; pero, por lo que ella me ha relatado, pienso que también se tomó algo antes de saltar. Algo que le borró los recuerdos que ella quería borrar y convirtió su amnesia en un fenómeno global en su cerebro.

—¿Y piensa que alguna pastilla puede hacer eso? —contestó don O.

—No pienso, estoy seguro. Vamos, que se nos hace tarde... —replicó el doctor.

Al rato estaban recorriendo Buenos Aires de este a oeste. A las dos horas se detuvieron para almorzar y de nuevo reanudaron la búsqueda de norte a sur.

Yesca iba callada. Apoyada contra la ventana de la izquierda, trataba de recordar qué es lo que tenía que recordar. ¿Qué tipo de edificio estaba buscando? ¿O sería una casa? ¿Habría ido a algún lugar en una calle conocida o tal vez se habría dado el encuentro furtivo con alguien en un lugar fuera de la vista de los curiosos? ¿Cómo iba a encontrar algo si para empezar no sabía qué estaba buscando?

Voceó su queja, su inquietud, en repetidas ocasiones ese día. Pero el doctor Leandro parecía no tener problema en dar vueltas por Buenos Aires hasta que algo hiciera clic en la memoria de su paciente.

Pasaron cuatro horas más en el coche, casi ocho en total, cuando Yesca por fin rompió su silencio:

—No lo van a creer, pero creo que esta es la calle —dijo entusiasmada.

Leandro se irguió en el asiento.

—¿Estás segura? ¿En qué parte de la calle? ¿Dónde paramos? —contestó, acercándose a Yesca para mirar por la ventana a su lado del automóvil.

Don O bajó la velocidad. Los tres se quedaron callados.

—Allí. ¡Allí esta! Detenga el carro, don O. ¿Se estaciona aquí por favor?

Bajaron del automóvil. Frente al trío, un edificio de apartamentos con negocios en el primer piso. Yesca caminaba adelante; el doctor y el chofer, atrás. Oscurecía con rapidez y el tráfico corría denso y lento en la pista delante de ellos.

Cruzaron por fin. Yesca se detuvo frente a una puerta de madera que se veía detrás de una puerta de hierro forjado. La pintura descascarada en los tablones mostraba una variedad de colores, capas de diferentes épocas, gustos de diferentes dueños. Las ventanas que daban a la calle estaban tapadas con cortinas caseras hechas con sábanas.

Permanecieron frente a la puerta por un rato, esperando a que Yesca tocara el timbre. Varias veces Yesca levantó la mano para alcanzar el llamador pero empezaba a temblar y volvía a bajarla, a guardarla en su bolsillo.

El tráfico en la calle menguaba. De rato en rato las luces de un colectivo los cegaba por un momento. El doctor Leandro y Don O no dijeron nada, esperaron con paciencia a que Yesca se decidiera.

Media hora después, alguien abrió la puerta para dejar salir a un cliente. El curandero se asomó al umbral para despedirse. Al reparar en el grupo parado frente a su consultorio preguntó:

—Señores, señorita… ¿Me buscan?

Leandro miró a Yesca. Ella asintió.

—Pasen entonces —dijo el sanador—. ¿Hace rato que esperan? No escuché a nadie tocando la puerta.

—Es que no tocamos, No estábamos seguros. Mejor dicho, no estaba yo segura si quería entrar —Yesca admitió avergonzada.

—Veremos si eso es cierto —replicó el sanador.

El curandero los hizo pasar y sentarse en tres sillas que no eran del mismo juego. El local estaba decorado con toques disparejos en donde nada iba con nada, de objetos que era factible fueron cayendo en su sitio en diferentes épocas, y al parecer ahí quedaron. Se veía una lámpara antiquísima al lado de una computadora nueva. Botellones de vidrio para los ingredientes de los remedios caseros junto a un equipo de sonido moderno.

Leandro fue el primero en hablar:

—¿Reconoce a esta señorita? ¿Ha estado ella aquí antes? —dijo apuntando hacia donde Yesca estaba sentada.

—Me reconoce, ¿verdad? Yo estuve aquí antes —Yesca intervino. Mirando a su alrededor el lugar le empezó a aparecer desconocido, pero era esa emoción que le decía «sí, este es el sitio donde estuviste» la que realmente la convenció que eligió la dirección correcta.

El sanador la miró por un período extendido de tiempo. Solo el ruido de los automóviles y los colectivos en la calle y del incesante tic toc del reloj en la pared interrumpían sus pensamientos, distrayéndolo, llevándolo a levantar la mirada y dirigirla hacia la ventana.

Leandro hurgó en su bolsillo, puso unos billetes sobre la mesa.

El curandero dejó de mirar a Yesca, se levantó y buscó en un libro de notas sentado cerca de la computadora apagada. Pasó unas páginas. El crujir de la tinta sobre el papel reveló la densidad de los apuntes, la cantidad de palabras reposando en cada pliego, los secretos que se desplegaban ante los ojos de aquel que, según Yesca, fue el único que logró redirigir su destino.

Leandro se impacientó. Se levantó para acercarse al hombre que seguía leyendo sin percatarse del tiempo que llevaban sentados en la salita.

—¿Y? ¿Es o no es, che? —dijo, colocando el último billete que le quedaba en el bolsillo encima de la carilla que el curandero estaba leyendo.

El hombre le dio una mirada al doctor, guardó el dinero en una cajita, pasó al lado de Leandro y se sentó sin decir nada.

Leandro regresó a su asiento.

—Usted estuvo aquí —dijo enfocando su mirada en Yesca. El cuaderno de notas ahora reposaba cerrado sobre las piernas del hombre.

—¿Qué paso? ¿Qué hice cuando estuve aquí? Mejor dicho, ¿qué le pedí que me hiciera? —preguntó Yesca. Se había olvidado del miedo que sentía de descubrir la verdad, de descubrirse, del pavor que le daba reencontrarse con una realidad dolorosa o que pusiera en peligro a su niña. No sentía temor, ahora quería saber.

—¿Está segura que desea que le diga? Una vez que yo hable no hay manera de dar marcha atrás, ¿entiende? Una vez que las palabras fluyan de mi boca no las puedo tragar de regreso, ¿estamos? —dijo y se quedó callado e inmóvil.

El reloj en la pared marcó la hora y el campanario en una iglesia vecina subrayó el momento con ocho campanadas.

Yesca lo miró. Se mordió el labio. Asintió.

—Sí... Sí, necesito entender — respondió. Leandro y don O desaparecieron de su consciencia. No estaban presentes en esa habitación. Solo ella y la persona que guardaba sus secretos quedaban en ese ahora.

—¿Segura? —preguntó una vez más el sanador.

—Segura —dijo Yesca.

El hombre abrió el cuaderno de apuntes y empezó a hablar.

—Cuando estuviste aquí traías mucha pena a cuestas. No me lo dijiste, yo lo podía sentir. La primera vez que nos vimos me pediste que te hiciera un hechizo para borrar la memoria. ¿Toda la memoria?, te pregunte y tú dijiste que sí.

—Primera vez... ¿Por qué está hablando de primera vez? ¿Hubo una segunda vez? —intervino Leandro—. Esto es una sacadera de plata, un engañaniños. Vámonos de aquí.

El curandero lo miró con indiferencia y continuó:

—Tienes unos recuerdos muy fuertes, muy persistentes, difíciles de borrar...

Yesca asintió. No le importaba lo que el doctor Leandro pensara, ese hombre sabía algo acerca de ella, tal vez dónde estaba su niña, y no pensaba dejar aquel lugar sin que le dijese.

—Regresaste a los dos días. Estabas consternada, hecha un manojo de nervios. Me reclamaste que el hechizo no funcionó, que estabas en peligro y necesitabas algo mucho más potente. Te hice un nuevo brebaje, sin costo alguno, y te di un frasco, una dosis pequeña de la Santa Trinidad —explicó, mostrándole un pomo que contenía un líquido de un color verduzco.

Leandro alargó la mano para pedirle la botellita.

—Quiero saber qué es... ¿qué lleva? Parece ajenjo. ¿Es ajenjo? —dijo, tratando de arrancharle la pócima de las manos.

El curandero le hizo una cara a Leandro y guardó el pomo en su bolsillo.

—¿Y qué paso después? —preguntó Yesca, todavía concentrada, hipnotizada con el relato de los acontecimientos que la llevaron a querer quitarse la vida.

El hombre prosiguió con su historia.

—Regresaste una tercera vez, una semana después. Nunca he visto a nadie que viene a hacerse una sanación y pone tanto impedimento. Fumamos un poco de yerba en aquella ocasión. Necesitaba que estuvieras relajada y habías llegado hasta mi puerta con los ojos rojos de tanto llorar. Dijiste que ellos estaban cerca de encontrarte, que era urgente que te borrara todo recuerdo.

—¿Qué pasó entonces? ¿Esta tercera vez fue la vencida? —preguntó Yesca.

—Después de que acabamos de fumar, te hice los hechizos de nuevo, los dos que te había hecho con anterioridad, el hechizo para borrar la memoria y el hechizo para hacer desaparecer algo, y luego te preparé un caldo del olvido. No el caldito suavecito sino la receta más fuerte que tengo. Ya te dije que a pesar de que me rogaste que te borrara los recuerdos te aferrabas a ellos y luego regresabas de nuevo a que te haga la sanación una vez más... —dijo y se quedó en silencio.

—¿Algo más? —preguntó Yesca después de esperar un momento.

—Te coloqué el caldo en un envase y te dije que te lo tomes calientito. Te di otro porro de marihuana y te expliqué que lo fumaras mientras te tomabas el caldito, así tu mente no estaría alerta y no te presentaría tanta resistencia, ¿viste? —dijo el hombre sacando un cigarrillo de marihuana del bolsillo de su camisa, encendiéndolo y ofreciéndolo a los visitantes.

De los tres, solamente don O aceptó la yerba. Los otros dos lo miraron intrigados.

—Es bueno para los achaques —dijo don O y se pegó una calada larga.

—¿Algo más? —preguntó Leandro al curandero luego de darle tiempo para que el faso regresara a sus manos y se pegara otra fumada.

En la tranquilidad de la habitación en la noche Yesca sentía que la frustración del médico ascendía, mientras que el sanador iba liberándose del día, entrando al estupor anticipado.

—Luego me enteré que ella saltó. Me imaginé que ninguno de los hechizos logró su cometido, ni siquiera el caldo más potente que he hecho en toda mi vida sanando gente. Parece que nada funcionó —contestó el hombre apagando el porro.

—Pero sí funciono. No recuerdo nada —contestó Yesca.

—Puede haber sido la mezcla de los ingredientes y los nervios, la necesidad de borrarlo todo —aclaró el doctor.

—¿Y entonces para qué mierda se arrojó del edificio? —preguntó el curandero.

—Es que no sabemos si funcionaron los remedios que le dio o si lo que tiene es amnesia generada después del salto… —replicó el doctor.

—Ya veo… Pero entonces tiene suerte de que sus recuerdos se llegaron a borrar y no pasó nada cuando saltó… "La Santa del Salto", lo vi en la tele… —dijo el sanador sonriendo.

—Pero, ¿el remedio funcionó o no? —alzó la voz Leandro y quedó desanimado de decir más cuando se encontró con la mirada acerada del curandero.

Yesca se inclinó hacia adelante y entrelazó los dedos de sus manos, como suplicando la respuesta.

—¿La señorita no recuerda nada?

—Nada —los tres contestaron.

—Entonces funcionó —contestó lapidario, y buscó el porro en su bolsillo, lo encendió y se lo pasó a don O.

—Pero… ¿fue la pócima o el salto? —frustrado Leandro murmuró entre dientes.

El sanador le dio una calada al cigarrillo, soltó el humo y replicó:

—¿Y qué sé yo? El hecho es que se quedó sin memoria, ¿sí o sí?

Leandro fue a refutarlo, pero los otros dos lo miraron como para decirle que nunca podría encontrar la respuesta que buscaba en esa conversación.

—Gracias —dijo Yesca—. Ha sido muy útil. —Y miró a don O y al doctor Leandro.

Se levantaron para despedirse.

—¿Me da los ingredientes del caldo? —preguntó Leandro al llegar a la puerta.

—No señor. No doy nada —contestó el curandero.

—¿Pero es todo botánica o también tiene fármacos? —preguntó Leandro.

—Es todo natural, yo ayudo a los clientes, no me gusta matarlos con remedios que son puro veneno — contestó el sanador mirándolo acusatorio.

—¿Entonces el caldo no lleva metirapona? —insistió Leandro.

—Solamente ingredientes naturales —contestó y empezó a cerrar la puerta.

Cuando los tres ya estaban en la calle, el sanador salió de nuevo.

—¡Me olvidé! Sí hay algo más. La señorita me dejó un recorte de periódico para que se lo cuide. Dijo que tal vez regresaría algún día a pedírmelo. Bueno, no es que me lo haya pedido, pero igual, aquí esta —explicó, entregándole a Yesca un pedazo de papel escrito en un idioma que al grupo le pareció foráneo.

El artículo que el sanador les entregó había sido rasgado a mano de un periódico extranjero y estaba escrito en japonés. A Yesca y Leandro no les extrañó tanto aquel hecho porque ya habían encontrado documentos en otros idiomas en las cajas del apartamento. Lo que sí se les hizo excepcional fue que Yesca pudiera leerlo sin ningún problema.

El recorte era de un aviso para el City Hotel Popeye en Fuji.

—¿El Hotel Popeye? ¿Qué es esto, una broma? —refunfuñó Leandro—. ¿En serio existe un Hotel Popeye en Japón?

—No se desespere, doctor… tiene que ser una clave… ¿No se le hace conocido el nombre, señorita Yesca? —intervino don O.

Yesca se quedó pensando. Los tres estaban todavía parados en la calle.

—Para nada. Pero lo que me parece raro es poder hablar y leer japonés… —contestó Yesca.

Avanzaron hacia la remisse. Bajo la luz del farol, el grupo parecía estar contenido en un solo objeto que ahora se movía con lentitud.

Tomaron sus puestos en el automóvil y se quedaron callados por un largo tramo.

Sentados en el asiento trasero del vehículo, Yesca y el doctor le dieron una y mil vueltas al papelito tratando de encontrar otras claves, tal vez algo escondido en el aviso, a lo mejor algún detalle en la foto, o quizás algo escrito a mano que les ayudara a descifrar qué es lo que aquel aviso quería decir... qué es lo que quería decirles.

Llegaron al edificio de Yesca agotados y sin ninguna pista clara.

—A lo mejor tiene algo escrito, pero en tinta invisible —dijo Yesca al bajar del carro.

Los tres se quedaron pensando por un rato.

—Um, vale la pena fijarse... a lo mejor, quién sabe, ¿no? —contestó Leandro sin convicción.

—A lo mejor la respuesta a todas las preguntas está escondida en ese mismo pedacito de papel, pero en tinta que no se puede leer a vista pelada, como dijo la señorita Yesca. Hay que averiguar, doctor Leandro —manifestó el viejo con certeza.

Leandro lo miró extrañado. Don O nunca se metía a hablar acerca de ninguno de los pacientes. Nunca había expresado su opinión, ni declarado sus ideas; jamás siquiera dijo mucho. Pero el caso de Yesca era diferente y al parecer también logró atrapar la mente del chofer.

Yesca y Leandro se bajaron del automóvil. Caminaron en silencio, en la mudez nocturna lo único que se escuchaba con nitidez eran los distintos tacones de los zapatos tocando la acera fría de la ciudad dormida.

Llegaron hasta la puerta del edificio. Suavemente Yesca le quitó a Leandro el recorte de periódico de la mano y le dio un beso en la mejilla.

—Tinta invisible —Yesca le dijo a modo de despedida.

—¿Tinta invisible? En serio, ¿no recuerdas nada? —contestó Leandro.

—En serio: tinta invisible. Hay algo en este papel y yo voy a encontrar la manera de revelarlo —dijo Yesca y entró al edificio.

Yesca se sumió en meditación esa noche. Al ingresar a su apartamento decidió que en lugar de ir a dormir se quedaría en vela hasta que de alguna manera encontrara alguna clave en ese pedazo de papel. Se sentía tranquila e intranquila al mismo tiempo. Tan cerca de destapar su pasado pero de la misma manera al borde de enfrentar sus miedos. *¿Valdría la pena?*, se preguntó. *¿Y si debiera dejar las cosas en paz? ¿Si saber no convenía?*

Dejó el recorte sobre la mesa de la cocina y se fue al cuarto para cambiarse a algo más cómodo. La ropa suelta la relajaba. Le gustaba la manera en que el tejido de algodón acariciaba su piel de una manera cálida, suave.

Cuando regresó a la cocina se preparó una yerba mate. Por fin le había agarrado el gusto de tanto beberla con Leandro. *¿Sería que lo hacía solamente porque él le gustaba?*

Tomó el recorte y lo puso sobre la mesa del centro en la salita, cerca del sofá. Se arrodilló en la alfombra frente a la mesita, sorbió un poquito a través de la bombilla del mate y concentró su atención en la foto del Hotel Popeye en Fuji, Japón.

No podía recordar haber estado allí, en ese hospedaje. No recordaba haber estado en Japón.

Tomó otro sorbo del brebaje. Metió su mano en el bolsillo del canguro celeste de manga larga que llevaba puesto y se encontró con una píldora, un calmante. Sin pensarlo, se lo puso en la lengua y lo tragó.

Cruzó sus brazos sobre su pecho y se acarició, lentamente bajando sus brazos hasta sus piernas. El calorcito del mate, la exquisita sensación del tejido sobre sus vellos al pasar sus manos con pausa y la pastilla empezaron a hacerle efecto.

Cerró sus ojos para visualizarse mejor, para dejarse caer dentro de las fantasías de los recuerdos que no podía encontrar a plena luz del día.

A los pocos segundos abrió los ojos. No podía concentrarse.

Tomó el recorte de periódico y se recostó sobre el sofá. Colocó sus pies descalzos sobre un almohadón y su cabeza sobre otro. Se pasó la mano por el cabello y cerró los ojos de nuevo. Lo primero que le vino a la mente fue Leandro.

Suspiró y abrió los ojos para borrar la imagen del doctor.

Pasó la mano por sobre el recorte de periódico y luego de mirar fijamente la imagen en el aviso, volvió a cerrar sus párpados.

Trató de verse en el Japón, en una calle frente al Hotel Popeye. Sintió estar en medio de una avenida populosa, la gente pasaba a su lado con rapidez, estaba anocheciendo. Se vio dentro del hotel, conversando con alguien en el salón de la recepción, caminando por los pasillos, pasando puertas, puertas y más puertas, volteando a la derecha y luego a la izquierda hasta llegar a una habitación. Luego se vio mirando desde la ventana del cuarto hacia abajo para ver la ciudad y luego cambiar de dirección su mirada pare ver a lo lejos el famoso Monte Fuji en toda su enorme majestuosidad. Supo que estaba cerca de lo que buscaba entender. Pero luego, nada.

Se despertó frustrada y con esa bendita canción de nuevo retumbándole en la cabeza: «Popeye nació en Japón…». Sonrió a medias. La diferencia era que aquella tonadita tenía por fin una razón de ser.

Cuando por fin se deshizo del letargo de la noche pasada en ensimismamiento, supo lo que tenía que hacer. Se vistió con lo primero que encontró y bajó a la carrera a la calle para buscar un taxi que la llevara hasta el consultorio de Leandro.

Se encontró con don O en la puerta.

—Señorita Limón, no me tocaba recogerla hasta más tarde. El doctor Leandro quiere que descanse —exclamó el chofer corriendo a abrirle la puerta del edificio de oficinas.

Yesca no se detuvo para saludarlo. Ignoró al viejo y siguió caminando hasta llegar a la puerta de la consulta de Leandro y abrirla sin anunciarse primero.

Leandro se sorprendió al verla entrar. Yesca venía tan cargada de energía que ni siquiera lo saludó primero.

—Me voy al Japón —fue lo único que le dijo y se sentó en el sofá. Sonreía, se le veía transformada, resuelta.

El doctor dejó su escritorio y los reportes que estaba escribiendo y se sentó frente a Yesca.

—¿Al Japón? ¿Encontraste algo más en el aviso aquel? ¿Encontraste lo de la tinta invisible? —contestó Leandro.

Yesca asintió, se sentó recta en el sofá, tomó un almohadón y empezó a jugar con este, tirándolo hacia arriba, recibiéndolo, dándole la vuelta y luego tirándolo para el otro lado.

—¿Y…? ¿Por qué? —preguntó Leandro cuando se cansó de esperar una respuesta.

—Por qué, ¿qué? —contestó Yesca juguetona.

—Que no entiendo… ¿Por qué esa decisión de viajar hasta el Japón? ¿Encontraste algo más en el papel? ¿Recordaste algo? —dijo Leandro.

Yesca dejó de jugar con el almohadón.

—Estuve en ese hotel. Estuve en esa ciudad. Lo que no sé es por qué… y por eso necesito ir… ¿Me dejo entender? —Yesca contestó.

—Yesca, este es un paso muy grande… ¿Estás segura? Podríamos hacer más averiguaciones desde aquí… Tal vez buscar en el Internet, llamar al hotel… —ofreció Leandro.

Yesca se levantó. Las palabras de Leandro la espantaron.

—No. No. No. NO. Nada de Internet. Esta conversación queda entre nosotros. No nos podemos arriesgar… NO. Prométeme que no vas a hacer ningún tipo de indagación… *¿Okay?* Prométeme en este instante… sobre la biblia, prométeme —contestó Yesca.

Leandro se levantó, la abrazó con cariño por los hombros, la ayudó a sentarse.

—Te prometo —dijo Leandro, mirándola a los ojos—. Pero tú prométeme que me llamarás para mantenerme al tanto. No puedes… no debes enfrentar esto sola. ¿Me lo juras?

Yesca tuvo un momento de duda. Quería hacer este tramo por sí misma, pero sentía que Leandro era parte de esta nueva/antigua historia de su vida. Se mordió el labio. Levantó la mano para buscar el almohadón y la regresó a su regazo.

—¿Me prometes? —insistió Leandro.

Yesca bajó la mirada. Asintió.

Leandro sonrió. Le dijo:

—¿Estamos, entonces? El minuto que descubras algo o necesites cualquier tipo de ayuda, me llamas. Estoy a solo unas cuantas teclas de distancia, ¿estamos?

Yesca lo miró detenidamente. Había algo acerca del doctor Leandro que le hacía sentirse protegida.

—Estamos… —contestó.

—Che, no te la crees… ¿no? Vas a salir de esta consulta en unos minutos pensando que puedes cargar con el peso de un pasado peligroso sin ayuda alguna —dijo—. Espera. ¿Y si te acompaño?

—Doctor Leandro…

—Leandro nomás… ¿estamos? Si te estoy ofreciendo ir hasta el Japón contigo deberías tutearme, que ya te pedí que hicieras eso hace rato…

Yesca se acomodó en el sofá, sin titubear jaló el almohadón y lo abrazó. Pensó en su niña, en Japón y los japoneses, y en el Hotel Popeye y lo que allí encontraría. También pensó en la oferta de su doctor, de Leandro, y su profunda voz masculina que la calmaba. Pensó en ir con él y en ir sola.

—Somos una mezcla de nuestro verdadero ser y de lo que queremos que otros vean. Una vez que remueves las mentiras, las falsedades, los adornos y las tretas mentales; una vez que te encuentres completamente desnuda frente al espejo, podrás ver la reflexión de tu verdadero ser y liberar el espíritu que en este momento está encasillado en un papel en el que se siente incómodo —Leandro la interrumpió.

—¿Mi espíritu se siente incómodo? —Yesca preguntó tratando de entender las palabras del doctor.

—Porque lo que vives hoy no es tu verdadera naturaleza, ¿viste? —contestó Leandro casi en un susurro, como si le estuviese contando un secreto, y con suavidad le quitó el almohadón que Yesca ahora abrazaba con todas sus fuerzas.

—Sí… Con respecto a Japón, prefiero ir sola —Yesca reaccionó.

—Lo sé. Cuando estés allá prométeme que escrudiñarás dentro de ti misma, que buscarás y pensarás en todo lo que esconde tu verdadero ser y decidirás liberarte de ello.

—¿Y por qué, Leandro? —preguntó Yesca.

—Porque la respuesta no está en Japón. La respuesta está dentro de ti.

Se sintió cómoda apenas llegó al aeropuerto de Tokio. Sabía que estuvo allí antes. Podía sentirlo. Le fue
fácil leer los letreros, entender lo que decían las personas caminando a su costado en la terminal, ubicarse de
inmediato.

Sin perder tiempo, buscó la estación de tren. Necesitaba dejar Tokio atrás. Precisaba llegar a Fuji, al Hotel Popeye en Fuji.

Durante la ruta pasó por lugares que le parecieron
familiares. ¿Habría vivido antes en esa zona? ¿Habría
dejado a su niña en Japón? ¿Por eso la repetición de esa
canción infantil, *"Popeye nació en Japón"*? Leandro
tenía razón en decirle que todo estaba dentro de ella,
pero necesitaba algo, algún estímulo visual, una ayuda
sensorial, para desbloquear lo que con tanto cuidado
ocultó, Yesca pensaba mientras acariciaba con sus dedos la foto de la niña guardada en la cajita de metal
dentro del bolsillo de su saco.

En poco menos de tres horas Yesca ya estaba parada en la vereda frente al hotel. Quería primero verlo desde afuera, tratar de despertar algún recuerdo a la vista del edificio.

Se plantó frente al hotel por un largo rato. Nada. No sentía ni recordaba nada. Cruzó la pista, caminó las cuatro avenidas que contenían al Popeye. Nada.

¿Y si había venido hasta Japón solamente para encontrarse con que no recordaría nada?, pensó.

Terminó la caminata por las calles circundantes al hotel y llegó hasta el punto de partida. Se detuvo a unos metros de la entrada y miró hacia arriba. No reconocía nada, pero todo se le hacía conocido. Era una sensación vertiginosa, extraña y a la vez emocionante, saber que no sabía nada pero que todo estaba al alcance de sus manos, en aquel lugar, un tesoro esperando a ser descubierto.

Se pasó las manos por encima del saco. Se armó de valor y empezó a caminar hasta la puerta principal del hotel. De pronto sintió que había hecho eso antes. Con cada paso sintió que lo que buscaba estaba frente a ella.

Entró al hotel y se encaminó hasta el mostrador en la recepción. Un hombre la recibió con una sonrisa. *¿Lo conozco?*, se preguntó Yesca.

—¿Me conoce? ¿He estado en este hotel antes? — Yesca le preguntó al hombre en japonés.

El hombre la observó por un instante, luego replicó:

—Yo no la conozco en persona, pero si me dice su nombre, tal vez la pueda encontrar en el registro.

Yesca sacó su pasaporte del bolso y se lo entregó. El hombre ingresó los datos en el computador y empezó a buscar. De pronto se sobresaltó, miró a Yesca y se excusó.

A los pocos segundos regresó con otro hombre. Los dos venían susurrando y mirándola desde lejos de manera sospechosa.

Yesca se sintió incomoda y empezó a pensar en los peligros de mostrar su cara en lo que podría haber sido el escenario de algún crimen en su vida.

Dio unos pasos hacia atrás, giró para encaminarse hacia la salida.

El hombre en la recepción le hizo un gesto al portero y este interceptó a Yesca antes de que pudiera escabullirse.

Yesca emitió un grito. El portero la levantó en vilo y la llevó hasta la oficina del segundo hombre.

El hombre la depositó en un asiento sin decir nada y se marchó. El primer hombre que la había recibido en recepción le hizo una venia y cerró la puerta.

Yesca se levantó para escaparse, llegar hasta la puerta. Su corazón acelerado le decía que aquella fue una mala decisión.

—¿No me recuerda? —dijo el hombre que ordenó a los otros a atraparla y traerla hasta su oficina—. Soy Kim Matushitya, el gerente general del hotel.

—No recuerdo nada. Por eso estoy aquí —contestó Yesca susurrando y levantó la mano para buscar un almohadón.

—Fue huésped del hotel hace un tiempo… Estuvo aquí, bajo nuestro cuidado, por una temporada corta… Yo me encargué en persona de usted… ¿Lo recuerda?

Yesca negó con la cabeza. Una lágrima empezó a correrle por la mejilla. Metió la mano al bolsillo del saco y tocó la cajita de metal. Instantáneamente se sintió mejor.

Matushitya se levantó. La invitó a seguirlo. Yesca se puso de pie y lo siguió en silencio.

Tomaron el elevador hasta el piso quince. Caminaron por unos pasillos que a Yesca le parecieron interminables. Finalmente llegaron hasta una puerta. El número 1543. Matushitya pasó la llave maestra sobre el lector, giró el pomo y la invitó a pasar a la recámara. Yesca sintió un escalofrió.

Matushitya abrió las cortinas para dejar entrar el sol, pero lo que cegó a Yesca fueron la cantidad de imágenes que inundaron su memoria como un torrente todavía incoherente de historias, nombres, escenas sin sentido, emociones, frases deshilachadas.

—Nunca nos había sucedido algo así… ¿Ahora lo recuerda? —dijo Matushitya, sentándose en la silla junto a la cama.

Yesca asintió y se acomodó sobre el borde del colchón que sobresalía del lecho.

—¿Fue aquí? ¿En este mismo cuarto? ¿En esta misma cama? —preguntó. Se sentía desolada, como si el recuerdo de lo que hizo convirtiera el pasado frente a sí en presente. Una pena intensa la anegó.

Matushitya asintió y agregó:

—Aquí fue la segunda vez. La primera, se tiró por las escaleras. Nunca nos confesó por qué.

Yesca sintió el calor de la vergüenza subiéndole por todo el cuerpo, apretando su garganta, oprimiendo su cerebro.

El gerente buscó dentro de su saco y le entregó un dije de plata que llevaba una especie de ícono, una piedrita o frejolito rojo y negro montado sobre una circunferencia de plata y encasillado detrás de un vidrio.

Yesca lo miró por un momento.

—¿Y esto? ¿Qué significa? —le preguntó al gerente.

Matushitya se encogió de hombros y le dijo:

—Una mañana, después de que intentó… suici… después de que trató de quitarse la vida, bajó a mi oficina y me dijo que le guarde esto. Yo pensé que me lo pediría antes de marcharse, pero a los pocos días pagó su cuenta una madrugada y se esfumó.

—¿Así nomás? ¿Me fui sin despedirme? ¿Sin llevarme mis cosas?

—Sí… Nunca nos ocurrió nada por el estilo. Yo he guardado ese recuerdo, ese collar con ese dije tan extraño por mucho tiempo. Tal vez pensé que algún día regresaría a pedírmelo. Estaba llorando cuando me lo entregó.

Yesca lo miró esperanzada. Tal vez este hombre tendría alguna otra pista, algún recuerdo por ínfimo que fuese, que le ayudaría a reencontrarse con su niña.

—¿Y mi nombre? ¿Qué nombre les di cuando me registré?

—Su nombre es Yesca Limón. Nos explicó que estaba en Japón en una conferencia médica. Es una doctora. ¿No recuerda?

Yesca se sorprendió con la noticia. Nunca se le hubiera ocurrido que era una profesional. Pero eso no respondía la interrogante que la trajo hasta allí.

—Cuando estuve aquí… ¿vine con alguien más? ¿Una bebé o una niña tal vez?

El gerente negó apenado.

Yesca bajó la mirada y volteó el medallón; en la parte de atrás estaban grabadas las palabras: *"I love you forever. I love you for always"*. Y entonces sintió un estallido en todo su cuerpo.

—Siento que no puedo respirar señor Matushitya… No puedo… no puedo… respirar… —dijo Yesca y se desmayó.

En el breve instante que estuvo fuera de la realidad de su consciencia, pudo por fin ver todo con claridad. Cuando abrió los ojos supo que necesitaba desesperadamente llamar a Leandro.

Tendida sobre la cama en una alcoba en absoluta oscuridad, Yesca esperó hasta estar en una buena hora para llamar a Argentina. El señor Matushitya la dejó sola en la habitación después de su conversación y aquel nuevo incidente. Ni siquiera le pidió una tarjeta de crédito. Simplemente después de que se reincorporó de su vahído temporal, el gerente cerró las cortinas del cuarto, acomodó un vaso con agua sobre la mesa de noche y se despidió.

Temblando, marcó los números a la oficina de Leandro. La recepcionista contestó. Yesca le pidió que la conecte con el doctor.

—¿Sí? —dijo Leandro levantando el auricular después de un buen rato.

Yesca se quedó en silencio. No sabía qué decirle, por dónde empezar.

—¿Hola? —dijo Leandro fastidiado.

—Leandro... —Yesca atinó a susurrar.

—¿Yesca? —contestó el doctor—. Yesca, qué alivio escuchar tu voz. ¿Estás bien? Suenas triste…

—Necesito que vengas… Te necesito —se animó a decirle con la voz entrecortada. Leandro era su único asidero a la realidad, su único puente entre el pasado y el presente.

—Contame algo nuevo. ¿Qué has descubierto? —contestó el doctor.

—¿Por qué? —preguntó Yesca.

—Porque si voy a subirme a un avión y viajar hasta el Japón necesito saber que encontraste algo, nuevas claves —dijo Leandro. Sonaba serio.

Yesca lo pensó. Quería contarle todo, pero no así. Tenía que convencerlo de que viajase hasta Fuji. Precisaba verlo, compartir con él lo que acababa de develar. El peso del pasado era demasiado grande para ella sola. Leandro sabría qué hacer, cuál sería el siguiente paso que debería tomar.

—Por favor, ven y no me hagas preguntas en el teléfono. Te lo ruego. Me estoy volviendo loca. Sé todo lo que sucedió, Leandro. Ahora he visto todo en mi mente… pero mis recuerdos están tan fragmentados, tan en desorden, que… —Yesca explicó, las lágrimas se le agolpaban en los ojos.

—¿Qué? —preguntó Leandro.

—Por favor, ven al Japón. Necesito que me ayudes a navegar este aluvión de ideas —Yesca rogó.

Leandro se quedó en silencio, luego le contestó:

—Estoy saliendo hoy mismo. ¿Estamos?

—Gracias… gracias… No sabes cuánto te lo agradezco…

Para cuando Leandro llegó hasta Fuji, Yesca se encontraba calmada. El tiempo para reflexionar le hizo bien.

Le dio el encuentro en el vestíbulo del hotel. Se sintió aliviada al ver su cara conocida, su sonrisa, al escuchar su dejo argentino, al saludarla con un abrazo que la sosegó.

—Vaya viajecito que me has hecho tomar. Casi la vuelta al mundo para llegar hasta este lugar… Espero que las noticias que tengas sean gigantescas, nena —dijo Leandro, a manera de introducción al segundo capítulo de sus andadas.

Yesca le dio un beso en la mejilla. No podía dejar de sonreír ahora que el doctor Leandro estaba de nuevo a su lado.

—¡Tengo tanto que decirte! No vas a creer lo importante que este viaje ha sido para mí —Yesca le contestó.

Buscaron una mesa alejada del bullicio de la entrada y se sentaron. Pidieron unas bebidas. Los dos sonreían como amigos de la infancia que se acaban de reencontrar.

Yesca miraba a Leandro en silencio, tratando de encontrar una manera de empezar a contarle. Lo había repasado tantas veces en su cabeza; y ahora que él estaba allí sentía que la disposición de las escenas no era la correcta, que tal vez los recuerdos estaban todavía en caos absoluto.

—¿Y? ¿Me vas a contar o no? —dijo Leandro interrumpiendo el silencio.

Yesca lo miró.

—O me regreso... che... —siguió Leandro y se empezó a levantar del asiento.

—NO. Quédate. Está todo un poco desordenado todavía, pero creo que me puedes ayudar a poner los pedazos de historias en el lugar correcto, que me puedes ayudar a hilvanar, a juntar todos estos retazos que andan sueltos ahorita dentro de mi cabeza...

—Para eso estoy... ¿Te olvidas de quién soy? Empieza por el primer recuerdo, y luego el segundo, y el tercero, y el cuarto... y así, vas diciendo cada cosita hasta que tengamos una figura completa —contestó Leandro.

—Va a parecer un Picasso... —se rio Yesca.

—¿Y ahora con bromas? ¿Me hiciste un chiste? Vas por buen camino, Yesca —dijo Leandro, tomando un sorbo de su té.

Yesca se arregló el cabello, colocándoselo detrás de las orejas. Miró nuevamente a Leandro y sonrió. Confiaba en él. Si no fuera así, no le hubiera pedido que viajase hasta Fuji para darle el encuentro, para darle aliento. Buscó en el bolsillo de su gabardina y sacó el medallón. Lo colocó sobre la mesa.

—El gerente del hotel me tenía guardado este dije —apuntó Yesca.

—¿Qué es? ¿Por qué lo dejaste aquí? —preguntó Leandro—. Espera, ¿estuviste aquí antes entonces?

Yesca asintió. Mostraba una sonrisa entre esperanzada y avergonzada.

—Es un huayruro. Es un frejolito de la Amazonía. Trae buena suerte y te resguarda de tus enemigos —contestó Yesca—. Pero mira lo que dice atrás.

Leandro volteó el medallón y leyó la inscripción: *"I love you forever. I love you for always"*.

La miró desconcertado y le dijo:

—Estoy perdido. Explícate.

—Es un regalo que yo le hice a mi niña. Las palabras grabadas atrás son de un cuento que le leía cuando era una niña. El huayruro y el dije son peruanos.

—Pero ya sabemos que tenés una nenita —contestó Leandro.

Yesca tomó el medallón, lo colocó entre sus manos y sonrió con ternura.

—Pero aquí hay dos claves. Primero, la inscripción es de un cuento en inglés, de Estados Unidos. Segundo, el medallón y el ícono son representativos del Perú…

—Todavía perdido… —reiteró Leandro.

Yesca se acomodó en su silla. Se sentía incomoda por lo que tenía que decirle a Leandro.

—Cuando recién llegué, el gerente del hotel me llevó a una habitación. ¿Sabes lo que hice allí? —dijo Yesca con angustia.

Leandro negó con la cabeza.

Yesca lo miró un rato. Se sentía indecisa, abochornada, confundida por la vergüenza de sus propias acciones. Hubiese querido saltarse esa parte de su historia, pero sabía que cada detalle tenía importancia, que cada paso tomado estaba atado a un estado de coherencia fría y planificada que solo llegaría a explicar de una manera congruente y plena si permitía que Leandro viese todas las piezas y le ayudase a armar el íntegro del rompecabezas.

—Tenías razón cuando supusiste que traté de suicidarme antes. Fue en este hotel —Yesca confesó susurrando.

Leandro se irguió en su silla. Le preguntó:

—¿Saltaste desde lo alto de este hotel también?

—Fue con pastillas… Lo otro, lo de los huesos rotos, fue porque me tiré por las escaleras… Traté dos veces mientras estuve aquí… La primera, me imagino que no logré romper nada importante…

—¿Y la segunda… qué pasó?

—Bueno, parece que no estaba lista para irme de verdad porque no me tomé una dosis lo suficientemente fuerte como para matarme. La mucama me encontró desvanecida en la cama y llamó a los médicos. Cuando me recuperé, le entregué este medallón al señor Matushitya y luego me desaparecí sin despedirme o darle las gracias por cuidarme.

Yesca se quedó callada.

—¿Algo más? —preguntó Leandro.

—No es algo más… Es mucho, muchísimo más… El otro día, luego de que el señor Matushitya me ayudó a recordar lo de los atentados de suicidio, recordé todo lo demás. Por eso te llamé.

Leandro la tomó de la mano. Su rostro denotaba preocupación; sus ojos, toda la ternura que le desbordaba por esta paciente con la que todas las reglas fueron descartadas para dar lugar a una empatía que lo movilizaba por completo y lo llevaba hasta un lugar donde el amor verdadero, ese que es profundo, sincero e incondicional, parecía ser una posibilidad de nuevo en su vida.

—¿Querés ir a otro lado? ¿Algún sitio privado, como tu pieza?

—En realidad lo que quiero es que me acompañes a Perú —Yesca contestó—. Te contaré todo durante el viaje.

Yesca estaba desesperada por contarle los detalles de su vida pasada, pero sentía recelos de divulgar información que podría costarle la vida a su hija en lugares públicos, en donde cualquiera, cualquiera, hasta un menor de edad, podría ser espía.

Esperó hasta que se acomodaron en un espacio escondido en el tren de retorno a Tokio para decirle lo que estaba carcomiéndole las emociones.

—Había una vez una familia feliz. La esposa era doctora, pediatra. El esposo era ingeniero de sistemas, un genio de todo lo que es computadores, lenguajes de programación, todo eso. Pero su especialidad era acceso a sistemas de manera remota —empezó a contar Yesca.

—¿*Hackear?* —preguntó Leandro.

—No necesariamente, pero sí, el ingeniero podía *hackear* lo que se le viniera en gana... Pero, espera, no me hagas saltearme partes de la historia, ¿no te parece increíble que yo sea doctora? —contestó Yesca.

Leandro le pasó la mano por la espalda.

—Y sí, claro… Y pediatra, con razón la conexión con las criaturas…Pero seguí… Perdoná que te interrumpiera… —dijo el doctor.

—Los dos eran muy felices. Ganaban bien. Tenían una casa linda con una vista preciosa. Tenían amigos. Hacían fiestas. Pero lo más importante: eran dichosos porque estaban enamorados. Se amaban como pareja. El uno complementaba al otro. Hacían todo juntos. Nunca se aburrían de estar pegados como gemelos.

—¿Y la niña? —preguntó Leandro.

Yesca abrió la cajita de metal en donde guardaba sus recuerdos. Sacó el medallón y miró la inscripción por un momento, luego lo apretó entre sus dedos y lo dejó ir, soltándolo hasta que el dije quedó colgando de su mano.

—La niña vino después —contestó. Su mirada perdida dentro de las memorias que deambulaban en su cerebro—. Él se llamaba Joshua Molin.

—¿Molin? ¿Estás segura?, ¿el nombre es Joshua Molin? —preguntó Leandro saltando del asiento.

—Por supuesto, Leandro. Ahora sí estoy clarísima acerca de todo. Excepto un solo detalle. Y por eso estamos tomando este vuelo a Lima —contestó Yesca fastidiada.

Leandro buscó un cuadernillo en su maletín. Cuando lo encontró, rebuscó un bolígrafo dentro de su gabardina y empezó a escribir.

—¿Me vas a hacer terapia aquí? ¿Este es el instante que escoges para tomar notas y dártelas de psicólogo famoso? —Yesca le dijo, quitándole el papel.

Leandro se quedó inmóvil, pero acertó a decir:

—El apellido… Molin… ¿No se te hace conocido?

Yesca se rio bajito. Luego le contestó:

—Mi nombre es Jessica Molin. Ahora entiendo que el nombre que uso fue mi intento de cambiarme la identidad en papel, pero quedarme con ese algo que me pertenece de manera intrínseca.

Leandro la miró con interés. Anotó los nombres y al instante abrió los ojos fascinado por la revelación.

—Yesca por Jessica y Limón por Molin… —susurró Leandro.

—Te dije que yo no me sentía argentina. ¿No te lo dije? —contestó Yesca—. Pero por ahora sígueme llamando Yesca Limón. ¿Quedamos así?

—Por supuesto. Ya tienes una coartada definida, con pasaporte y todo. ¿Para qué cambiarla?

Yesca asintió y miró por la ventanilla del tren bala. Allá afuera los árboles, las casas, los pueblos pasaban frente a ellos a una velocidad mareante.

—Mi papá se llamaba Matthew Harlingen. Él tuvo una carrera como oficial de la Fuerza Aérea de Estados Unidos, y luego como destacado militar en diferentes embajadas. Vivimos en todo el mundo. Japón, estoy segura, fue uno de esos lugares. Por eso manejo el japonés con tanta fluidez y me siento cómoda en este país. La cultura no me es foránea. ¿Entiendes? Lo mismo con Perú, con Argentina… ¡Soy una verdadera ciudadana del mundo!

—Entiendo a la perfección. Culturalmente eres un camaleón. Puedes imitar, puedes remedar a la perfección a otros. Por eso lograste estar en tantos lugares sin que se note que no perteneces… Hasta que… —aclaró Leandro.

—Hasta que salté y perdí la memoria y ya no podía recordar quién debía ser —Yesca lo interrumpió.

—Pero entonces ¿qué paso?, ¿por qué estabas en Argentina? ¿Recuerdas eso? ¿Sabes dónde está tu hija? —preguntó Leandro.

—No sé dónde está la niña y tampoco el nombre que le puse cuando la escondí. Por eso te necesito…

—¿Qué es lo que recuerdas, entonces? —dijo Leandro sobándose los ojos.

—Vivíamos todos cerca, en una urbanización en las afueras de Chicago. Mi papá enviudó y al poco tiempo se jubiló de su trabajo con el Gobierno americano, pero siempre mantuvo su acreditación, su permiso para entrar a sistemas del Gobierno. Cuando se mudó a unas cuadras de nuestra casa, él y Joshua se convirtieron en mejores amigos. Para cuando yo salí embarazada con mi hija, los dos eran socios en una compañía que lidiaba con proyectos de seguridad cibernética a alto nivel. Tenían acceso a información ultra secreta, a cuentas en el extranjero, transacciones, códigos de entrada… Tenían contraseñas, números especiales, conocimiento íntimo de movimientos bancarios de gente poderosísima…

Yesca se detuvo. Pensó en el daño que se podría estar haciendo por compartir aquello que luchó por mantener oculto. Tenía miedo de revelar sus secretos a Leandro y al mismo tiempo sentía que él era la única persona en todo el mundo que podría ayudarla.

—Sigue. Por favor, continúa. Ya empezaste. Ya tomaste el primer paso. Ahora necesitas terminar de poner fuera de tu persona el secreto que has llevado contigo, incrustado en tu espíritu, como un viajero silencioso por años.

—Una eternidad, dirás. Una injusta, desolada, infinitud de días, de meses, de años… ¿Cuál será el lapso de años que habrán pasado? ¿Por cuáles otros lugares habré estado, prófuga de mí misma, vagando como alma en pena de puerto en puerto…? —dijo Yesca. Su respiración se sentía agitada, ofuscada bajo el peso de romper con su voto de silencio, de dejar partir a la persona inventada que tan bien la abrigó en los días de soledad, de angustia.

Leandro la interrumpió con una breve palmada en su espalda.

—Es el momento de dejarlos ir, Yesca… Las respuestas a todas esas preguntas, tú las sabes. Con mucho cuidado, dale la libertad a tus recuerdos.

Yesca apoyó su cabeza sobre el hombro de Leandro. Él le acarició el cabello, le dio un beso en la frente. Ella se acurrucó sobre su pecho, como para no darle la cara, y continuó:

—Para cuando mi bebé nació, Joshua y mi papá tenían muy buena clientela. Les iba bien. Estábamos contentos. Yo me sentía protegida, querida. Con toda sinceridad, mi mundo era perfecto. De pronto, creo que alrededor de la fecha cuando la niña iba a cumplir su primer añito, tomaron a un nuevo cliente. No lo sabían en ese momento, pero era un conglomerado de mafiosos. Y luego, en lugar de salirse de esos hampones, les entró la codicia... ¿Te dije que mi esposo era muy bueno con la cibernética y que mi papá tenía acceso a computadores en todo el mundo, verdad?

Yesca levantó la cabeza para preguntarle con los ojos también.

Leandro asintió.

Yesca le tomó la mano y se echó de nuevo sobre el pecho de Leandro. Podía sentir su corazón latiendo acelerado. Pensó en lo mucho que la había ayudado.

—Pues poco a poco fueron sacando dinero de esa cuenta, realizando transferencias, transacciones casi invisibles, hasta que prácticamente vaciaron la bóveda...

Leandro la tomó de los hombros. Le preguntó:

—¿Y dónde está ese dinero ahora?

Yesca sintió un estremecimiento de desconfianza. Bajó la mirada.

—Nena, che, decime: ¿sabés qué pasó con todo lo robado? —le dijo Leandro, acariciándole suavemente la mejilla.

Yesca puso de lado la emoción de recelo. Se sentó recta en el asiento del tren y continuó:

—No lo sé... Esa es la otra cosa que creo podremos averiguar en Perú, cuando encontremos a mi hija.

Esa es la llave que nos falta para resolver este enigma. Lo que sí sé es que se trata de millones y millones de dólares... miles de millones.

—¿Tú sabías de toda esta operación de despojo montada por tu papá y tu marido? —preguntó Leandro subiendo la voz. Parecía molesto.

—Shhh... cállate. ¿Por qué me gritas? ¿Por qué estás molesto? ¿De qué estás fastidiado? Como doctor... —respondió Yesca liada por la reacción de Leandro.

—Como doctor, nada debería impresionarme —Leandro la interrumpió—. Pero como persona, no puedo entender qué diablos se les metió a tu papá y a tu marido para realizar semejante gesta...

—¿Es que te sientes mal por mí? —preguntó Yesca.

—Exacto —contestó Leandro.

—Qué alivio —dijo Yesca regresando a ovillarse en los brazos de Leandro.

Se quedaron en silencio un trecho. Leandro cerró los ojos para descansar por un momento. Yesca disfrutó el contacto humano.

Leandro despertó cuando el tren llegaba a Tokio. Quiso empezar de nuevo con la sesión, pero se quedó callado. Las preguntas le colgaban de la lengua mientras caminaban apresurados por la estación. Abría la boca para preguntarle y volvía a cerrarla. Yesca iba comentando detalles, logística del viaje, horas en tránsito. Nada interesante. Nada que le contestara su última pregunta. Solamente los miles de minutos de espera entre aquel punto y su destino final.

Le había dado una tregua a Yesca pero la antesala terminó apenas entraron al Aeropuerto de Narito.

—Nunca me respondiste… —Leandro dijo al minuto que tomaron asiento en la sala de embarque para su vuelo.

—Shhh… No me hables aquí… ¿No ves que hay gente alrededor? —contestó Yesca levantándose—. Vamos a buscar una salita —le dijo, jalando a Leandro de la butaca en donde estaba cómodamente apoltronado.

Dieron vueltas por la terminal hasta que encontraron una sala de meditación. Estaba vacía. Se sentaron.

—Al inicio yo no tenía la menor idea. Eso era cuando recién empezaban a desfalcar a este cliente. Luego, un día, Joshua me confesó todo. Estaba nervioso, como si supiera que nos encontrábamos en peligro. Yo no lo tomé muy en serio. Pensé que eran centavos lo que estaban robando, un monto sin importancia, algo que no se notaría. Luego Joshua me mostró las cuentas. Eran millones, miles de millones. Estaba preocupado. Me dijo que estaba cambiando todo el dinero a otras cuentas. Me dio la información y me pidió que la pusiera en un lugar seguro, alguna parte que no estuviese ligada a nosotros. Me dijo que pronto tendríamos que irnos, cambiar de identidad, escondernos en donde nunca nos encontrasen. Las manos le temblaban mientras me confesaba lo que había hecho. Él siempre fue mi roca y esa noche se me derrumbó. Luego me abrazó y no me quiso dejar ir. Me susurró que él haría lo que sea por mí; pero que si alguna vez le sucedía algo, que me llevase a la niña lejos y nunca regresara. Yo amaba a mi esposo, Leandro, éramos felices… ¿Por qué tuvo que malograrlo todo de esa manera? ¿Por qué destruyó lo mejor que teníamos y hasta metió a mi papá? ¿Por qué Leandro? No éramos pobres. No necesitábamos… —dijo Yesca y empezó a sollozar.

Leandro le pasó un pañuelo, la jaló suavemente hasta recostarla sobre su hombro, le acarició la mejilla. Quedaron en silencio.

—Nadie se levanta una mañana y decide ser malo… o ladrón… La maldad, la codicia en este caso, es algo que va creciendo dentro de nosotros y se alimenta de las pequeñas injusticias y de las grandes catástrofes. Algunas personas ven el drama en su vida como una oportunidad para crecer. Otros, como señales de afirmación de que el mundo está contra ellos y tienen que hacer algo. ¿Recuerdas si sucedió algo importante desde que tu papá se mudó a Naperville... o cuando nació la nena? —dijo Leandro.

—Nadie le pidió que muera por protegernos —murmuró Yesca.

—¿Algo de importancia? Concéntrate, Yesca —insistió Leandro.

Yesca dejó de llorar. Se pasó el pañuelo por los ojos, se sonó la nariz. Meditó por un momento, luego le contestó:

—Mi hija nació con un defecto cardíaco congénito. Joshua estaba molesto, inconforme. De alguna manera se sentía resentido conmigo porque siendo pediatra no podía hacer nada. Tuvimos que someterla a una serie de tratamientos médicos y operaciones que nos dejaron bastante maltrechos en lo financiero —Yesca replicó recordando la impotencia de ver sufrir a su hija recién nacida.

—Ese fue el inicio, Yesca. Una vez que la niña se estaba recuperando, tu marido debe haber sentido que tenía que hacer algo para que esto no le suceda nunca jamás —completó Leandro.

Una familia entró a la salita. Yesca y Leandro se quedaron mudos hasta que los vieron salir.

—Dijo que moriría por mí... Y lo hizo... ¿Por qué? ¿Por qué tuvo que arruinar nuestra vida? —continuó Yesca llorando.

Leandro la abrazó. Le dijo:

—¿Cómo te sientes ahora que me has contado?

—Triste. Desolada. Ansiosa. ¿Por qué todavía no puedo recordar el nombre de mi niña?

—Es por su protección, tú misma lo has dicho. Pero si tiene un problema del corazón, ella te necesita. Tenemos que encontrarla —contestó Leandro.

—Tenemos... —musitó Yesca y volteando hacia Leandro lo besó en la boca con una intensidad que la tomó de sorpresa.

Leandro le replicó con pasión inesperada, acariciándola en la nuca mientras la besaba.

—Busquemos un lugar privado... —murmuró Yesca.

—Tienen cuartos de alquiler en este aeropuerto —contestó Leandro, sin dejar de besarla.

Yesca lo acarició. Lo miró con dulzura. Se levantó y jalándolo de la mano le dijo de una manera casi mandona:

—*Let's do this*. Vamos.

—*Alrighty then, Ma'am*. No me tienes que pedir dos veces... —contestó Leandro, siguiéndola hasta la puerta de la sala de meditación.

Yesca se veía radiante después de hacer el amor con Leandro. La tensión en su rostro desapareció y el dolor constante en su corazón aminoró. La ansiedad fue eclipsada por la ternura. La pasión reemplazó la angustia.

Caminaban por el pasillo de la terminal tomados de la mano. Yesca fue la primera en decir algo:

—Siento que mi vida comienza, que las decisiones que debí haber tomado hace tiempo por fin las he tomado. ¿Y sabes qué? No pasó nada. No me partió un rayo. No me tragó la tierra. No me sucedió ninguna desgracia por tener la valentía de decir, no, de exigir, lo que quiero de MI VIDA. ¡Qué liberación siento!

Leandro se detuvo, la abrazó. La miró con cariño. Sonrió con la inocencia de alguien que acaba de descubrir la vida. Le dijo:

—¿Para qué esperar a mañana para ser feliz cuando tienes todos los ingredientes que necesitas frente a ti? Los que esperan son los que siempre buscan excusas para negarse lo que fácilmente podría ser suyo. ¿Viste?

Yesca asintió. Lo miraba como si recién se le revelara como ser humano, como hombre.

—Podrías esperar hasta que bajes de peso, hasta que tengas el trabajo perfecto, hasta que el dinero te alcance, hasta que los chicos estén grandes, hasta que se te pase el resfrío, hasta que te hagas la manicura y el vestido que te gusta lo pongan en precio rebajado… —continuó Leandro y luego pausó para mirarla—. ¿Me hago entender? Podrías esperar toda tu vida y nunca encontrar las circunstancias perfectas. Y, créeme, hay personas que esperan toda su vida. Pero, ¿sabes qué? Esos son ilusos que piensan que pueden controlar todas las variantes, justamente los factores que cambian. Si te esperas a poder controlar todo, la vida se te irá en un suspiro. Pero hay algo que sí puedes controlar y eso es lo único importante.

—¿Qué? —preguntó Yesca.

—Tus reacciones a lo que la vida te da, a lo que el presente te avienta. ¿Te das cuenta?

Se detuvieron para sentarse cerca de la puerta de embarque. Faltaba poco para el vuelo.

—Tú eres ese obsequio… la variante, la nueva propuesta que aparece inesperadamente y cambia la historia de mi futuro… ¿Viste? —Yesca contestó imitando su acento porteño.

Llegaron molidos a Lima. Ya llevaban días en aquella travesía intercontinental, ahora convertida en movimiento corporal y en búsqueda espiritual, de reencuentro con las memorias del pasado y de reinvención de los pasos futuros. Recogieron sus maletas, salieron del edificio del aeropuerto para buscar un taxi.

—Por favor nos lleva al Hotel Bolívar en el Jirón de la Unión? —Yesca dijo y se quedó pasmada.

Volteó a preguntarle a Leandro:

—¿Cómo supe eso? ¿Cómo supe el nombre y la dirección? —musitó atónita.

—De la misma manera que sabes muchas otras cosas. Todo está guardado dentro de esta linda cabeza tuya… Y está regresando de manera acelerada… ¿Verdad? —contestó Leandro, acariciando su cabello largo.

—Más de lo que esperaba. Pero este tipo de información es inservible. Es basura. ¿Cómo accedo a las cosas importantes? —contestó Yesca frustrada por la futilidad de su conocimiento.

—Todo sirve. Recuerda que cada puerta que abres te lleva a otra y a otra. Nada de lo que recuperes es insignificante. Así sientas que es una pequeñez. La razón por la que escogiste este hotel en el centro de Lima se mostrará pronto. ¿Estamos?

Yesca encogió los hombros y se puso a mirar por la ventanilla.

Si sé lo que estoy haciendo aquí, ¿por qué escogí el Bolívar? ¿Por qué, Yesca?, piensa por qué. Y mientras trataba de resolver sus incertidumbres se le cruzó por la mente algo peculiar, escondido dentro de las observaciones de Leandro. *Primero Naperville y ahora la ubicación del Bolívar... ¿Cómo lo supo?*

Las luces del centro de la ciudad, las grandes avenidas y los monumentos históricos iluminados en la noche neblinosa la distrajeron. Pasaron por la Catedral de Lima y el Palacio de Gobierno. A pesar de ser la madrugada, todavía se advertía movimiento en la calle. La pregunta, la duda que acababa de sentir acerca de Leandro, se le escapó con facilidad. Más bien la desalojó de inmediato para dar espacio a pensamientos positivos. Estaba segura de que en aquella ciudad encontraría a su hija y la fortuna que no quería por haberle costado la vida de su padre y su esposo.

El automóvil se detuvo frente a un edificio antiguo de apenas unos cuantos pisos. La estatua de Simón Bolívar, el gran libertador de Sur América montado sobre su caballo encabritado cuidaba la Plaza de Armas desde un parque al otro lado de la avenida.

—¿Y la reservación? —preguntó Leandro mientras el chofer acomodaba sus maletas en el carrito que trajo el portero apenas se estacionaron.

—¡Uy! —dijo Yesca, riéndose. No había dejado de sonreír desde Narito.

—¿La reservación? Este es un hotel de lujo, ¿no? —Leandro repitió preocupado.

—No necesitamos. El cuarto que voy a pedir nadie lo quiere. El 666 de la gringa está casi siempre disponible —contestó Yesca. Había pasado de ser sumisa y pasiva a tomar las riendas.

Leandro la siguió por el vestíbulo de mármol del siglo pasado. Notó que sus zapatos hacían un ruido tremendo. Aminoró su velocidad y cambió la pisada para evitar chocar los tacones contra el piso.

—¿Y a ti qué te pasa, che? —le preguntó a Yesca—. Estás pícara y mandona. Me pregunto si este es un cambio de personalidad, otra adaptación, o si por fin estás mostrando tu verdadera personalidad.

Yesca no le respondió. Apresuró el paso para llegar al área de recepción del hotel.

Un hombre mayor la recibió con sendas venias de cortesía. Conversaron por un momento. Luego Yesca le dijo a Leandro:

—¿Firmas y les das tu tarjeta de crédito, por favor?

De camino a la habitación Yesca le contó la historia:

—Cuentan que una persona, una gringa, que se alojó aquí se suicidó tirándose desde la habitación 666.

—No fuiste tú... dime que no fuiste tú, nenita hermosa... —dijo Leandro.

Yesca se rio. Se arregló el cabello y le pasó la mano por la mejilla.

—Estás helada —dijo Leandro reaccionando a su caricia—. Todo este piso está gélido.

—Buuuuu...aaaa... Buuuuuu...aaaa... —le contestó haciéndole muecas y agitando las manos como una figura fantasmal.

—No es gracioso, Yesca. No me da risa —replicó Leandro con seriedad, y empujó las manos de Yesca, que estaban frente a su rostro, para un costado.

—¿Le tienes miedo a los fantasmas? ¿Tú? ¿El gran psicólogo, el prestigiado *shrink of shrinks* le tiene miedo al más allá? —le dijo riéndose.

Llegaron a la puerta de la habitación. Yesca sacó la llave y lo miró. Leandro empujó las manos dentro de los bolsillos de su saco, expiró una bocanada de aire congelado.

—Pues dicen que en este cuarto penan —explicó Yesca abriendo la puerta.

Entraron. Era una alcoba que había permanecido cerrada por mucho tiempo. El olor a moho emanaba de las paredes. Los muebles mostraban las manchas verdes del paso del tiempo en un clima húmedo como el de Lima. Una capa de polvo asentada sobre los enseres contaba la historia de una estancia olvidada.

—Esta pieza es como mis recuerdos —dijo Yesca pasando los dedos por encima de un escritorio frente a la cama—. Todos sabemos que están allí, pero nos da tanto desasosiego, tanta tristeza, tanta rabia visitarlos. Entonces preferimos encerrarlos, relegarlos, no hablar de ellos… Hasta el día en que los hacemos desaparecer del todo. ¿No es así, doctor Leandro?

Leandro la miró intrigado por la manera en que ella le hablaba, arregló las sábanas y el cobertor, les dio un buen estirón para limpiarlas un poco y se sentó sobre la cama.

—¿Qué estamos haciendo aquí? —preguntó.

—Estamos jugando al hotel embrujado —dijo Yesca y bruscamente se sentó junto a él. El catre del lecho chirrió y se hundió un poco.

Leandro se puso serio. Se acomodó sobre el colchón y volvió a la carga:

—Estoy hablando en serio: ¿Qué estamos haciendo aquí?

Yesca se levantó y acercándose al secreter empezó a sacar los cajones y buscar algo en la parte de atrás.

—Yesca, te estoy preguntando: ¿Qué estamos haciendo aquí? ¡Por el amor de Freud! —volvió a decir Leandro impacientándose.

—¡Estamos buscando esto! —Yesca respondió, volteándose para mostrarle victoriosa un papel—. ¡Estaba en el último cajón!

—¿Y qué es eso? —preguntó Leandro, levantándose para acercarse a Yesca y al documento que había encontrado escondido.

Yesca lo evadió y se guardó el papel en el bolsillo.

—Es nuestra siguiente clave, mi querido doctor Watson. ¡Ay, estaba que me moría por decir eso! —dijo echándose sobre la cama.

Leandro se tendió al lado de ella. Le acarició la espalda, la miró. Ya no parecía molesto o tenso, como hacía un momento, sino más bien enamorado.

—¿Me muestras el papel? —le dijo cariñosamente.

Yesca lo besó en los labios. Lo miró con ternura. Luego se dio media vuelta en la cama, poniéndose de espaldas a él y le dijo:

—Cuando nos despertemos te digo todo, Te prometo —le dijo, sonrió y cerró los ojos.

Descansados y sin haber tenido que lidiar con ningún tipo de espíritu penando, Leandro y Yesca se dirigieron al restaurante del hotel para desayunar.

De camino al ascensor, Leandro le preguntó acerca del papel que Yesca había encontrado escondido detrás del escritorio la noche anterior.

—¿Me vas a decir por fin qué es lo que sabes?, ¿qué has recordado? —se apresuró Leandro a preguntar apenas dejaron la habitación.

Yesca sonrió juguetona y siguió caminando. El viaje le hizo bien, la rejuveneció interiormente. Tenía ahora un halo de frescura, de travesura juvenil que estuvieron ausentes hasta ese momento.

—Sí —le contestó y apretó el botón para llamar al ascensor.

Se quedaron en silencio. Se escuchó un ding y la puerta del elevador se abrió. Entraron.

—¿Y? —preguntó Leandro cuando la puerta se cerró dejándolos en privado por unos segundos.

Yesca sacó el papel de su bolsillo.

—¿Te refieres a esto? —dijo acariciando la mejilla de Leandro con la áspera textura del pliego arrugado.

Leandro la miró con seriedad, la tomó de la muñeca y le hizo soltar el documento.

—Auch —Yesca se quejó—. Te lo iba a mostrar de todos modos.

Leandro desdobló la hoja amarillenta. Un olor a moho invadió el pequeño espacio. Yesca estornudó.

—Huele a Lima —dijo pasándose los dedos por la nariz.

—¿Qué es esto? —preguntó Leandro mirando el papel.

—Nuestra siguiente clave, te lo dije anoche… —le contestó arrancándole el papel, doblándolo y guardándolo de nuevo en su saco—. Me muero de hambre… Ojalá tengan pancito rico…

Cuando llegaron al comedor, Yesca escogió una mesa en la esquina más oculta del recinto. Se sentaron. Le entregó el papel al mozo que se acercó a atenderlos y le susurró unas palabras al oído. El joven prometió cumplir con su pedido y se retiró. El lugar pululaba con comensales. El olor a café pasado y a pan de miga horneándose en la cocina la hizo sonreír. Recordó cuando su papá la traía de chica al comedor del Hotel Bolívar. Las memorias que habían estado filtrándose recientemente eran nítidas, cálidas, tiernas, de mejores momentos, de días en los que se sentía protegida por su padre, por su marido, por el amor que sentía por su niña.

El mozo regresó y les sirvió el desayuno: una canasta con panecillos, mantequilla, mermelada y café con leche. Sencillo pero delicioso, tal como lo recordaba.

Comieron en silencio por unos minutos.

—¿Y quién es esa persona? —preguntó Leandro cuando la vio terminar el tercer pan con mantequilla y mermelada.

—Ya vas a ver —Yesca contestó, tomando el último pan, haciéndole un hueco en el centro, untando mantequilla y luego vertiendo azúcar y un poquito de canela en polvo—. Debes probar esto. Es lo máximo…

Leandro hizo una mueca y se tomó un sorbo de café.

—Estás cambiada. Te veo como más contenta, más tranquila… —Leandro dijo pasando un dedo por la mano de Yesca y luego chupando el residuo de mantequilla y azúcar asentado en su pulgar.

Yesca sonrió y se puso a jugar con las migas que habían caído sobre el mantel.

—Estoy más contenta —murmuró—. Estamos acercándonos al final. Ya voy a encontrar a mi hija.

Leandro la tomó de la mano. La acarició con mucha dulzura.

—¿Ya no tienes miedo de lo que pueda pasar? —susurró Leandro mirándola tiernamente a los ojos.

—Tengo que encontrarla. Ya no tengo miedo porque yo sé que ella me necesita. Puedo sentirlo en todo mi cuerpo. Y el deber que uno le tiene a un hijo, de protegerlos, de amarlos incondicionalmente, es la promesa más grande... la única promesa que debemos cumplir, sin importar el sacrificio. Yo sé que la deje en un lugar seguro, pero es ahora el momento de que ella sepa quién es su madre. Es tiempo de reanudar nuestras vidas.

—Eres una mujer muy valiente —dijo Leandro.

—Soy una mamá —contestó Yesca, pegándole un último mordisco al pan con mantequilla, azúcar y canela.

El mozo que les estuvo sirviendo el desayuno se acercó a la mesa con un compañero de trabajo, un hombre mayor cuya sorpresa al encontrarla en aquel lugar cambió a alegría apenas Yesca se levantó para saludarlo.

—¡Pensé que nunca más la vería! Dios es grande. Nos ha traído un milagro maravilloso en este día de neblina —dijo abrazándola con fuerza.

Yesca lo miró de arriba a abajo. En un instante recordó a su padre interactuando con este hombre, con este honesto servidor de humilde extracción que por años les trajo el desayuno a la misma mesa que ocupaban ese día. Entendió por qué lo eligió, por qué decidió buscarlo cuando se encontró en problemas y se reconoció sin salida.

—Señor Mar… Mar… ¿Marcial…? Por fin, por fin estoy de regreso —Yesca le dijo, poniendo sus manos sobre los hombros del mozo viejo—. Necesito hablarle, que me diga…

—Asiento, asiento… —interrumpió Leandro al notar que Yesca estaba a punto de perder la compostura.

—No. No. No puedo sentarme aquí en el comedor con todos los señores y señoras. Más bien si me dan el encuentro a la hora de salida de mi turno, podemos hablar y les contaré todo puesm —contestó el mozo.

—¿Tenemos que esperar? ¿Hasta qué hora? —dijo Leandro frustrado.

—No es mucho. Yo empiezo en la madrugada. Me dan dos horas y nos vemos en el estacionamiento puesm. Allí les digo todo —contestó el señor Marcial.

—Está bien señor Marcial. He esperado todo este tiempo, puedo esperar un poquito más… —dijo Yesca.

—Quedamos, entonces… a las once de la mañana en el estacionamiento —dijo el mozo, recogió los platos sucios y caminó de regreso a la cocina.

Leandro miró a Yesca y le preguntó:

—Él es la clave que encontraste en el papel escondido en el escritorio? ¿Eso es lo que ese número quería decir?

Yesca le puso el dedo con mantequilla y azúcar en el labio inferior. Leandro sacó la lengua para chupar el líquido.

—Cada empleado tiene un número de identificación. El que estaba apuntado en el papel era el del señor Marcial.

Leandro preguntó confundido:

—¿Cómo sabías de la conexión del número con el nombre de alguien?

—En verdad no lo recordé hasta esta mañana, cuando entramos al comedor. Apenas olí ese olor de pan recién horneado y me acordé que solía venir con mi papá a este hotel, a este mismo comedor, me acordé de un mozo que siempre nos atendía y me imaginé que el número tenía relación al nombre de esa persona. Y dicho y hecho: cuando le pregunté al mozo que nos atendió quién sería el empleado bajo aquel número... nos trae a la persona adecuada, a Marcial. Estamos cerca.

—Y sí, estamos... De que estamos, estamos —contestó Leandro.

—Y algo más... —dijo Yesca mientras buscaba miguitas de azúcar y mantequilla con el dedo sobre su plato y se las llevaba a los labios.

—¿Qué? —preguntó Leandro deteniendo con su mano la ávida incursión de Yesca sobre los restos de azúcar.

—Que te quiero mucho —contestó con una sonrisa, juguetona se libró de la mano de Leandro y regresó a buscar los últimos rastros dulces del desayuno.

Terminando de desayunar, mientras hacían tiempo para encontrarse con el viejo, se dedicaron a explorar las inmediaciones del hotel en el centro de Lima.

Llegadas las 10:45 de la mañana, iniciaron el camino de regreso hacia el Bolívar. Yesca parloteaba sin darse un respiro acerca de todo lo que veían en la calle, su hablar calmoso y esporádico del tiempo que llevaba en tratamiento de pronto se transformó en una manera de conversar eléctrica y cargada de juventud.

—No puedo creer que pronto abrazaré a mi niña —dijo Yesca. Sentía una enorme ilusión con solo visualizar el momento—. ¿Qué tan grande estará? ¿Qué tan linda será? ¿Veré la mirada de Joshua en sus ojos? ¿Tendrá la risotada estridente de mi papá?

Leandro le pasó la mano por el cabello. Luego la abrazó por la cintura y la miró embelesado, sin decir nada.

—¿Se parecerá en algo a mí? —dijo Yesca deteniéndose.

—Se hace tarde. Ya te enterarás —contestó Leandro jalándola de la mano—. ¿Estás segura de que la dejaste con el señor Marcial?

—Segura —contestó Yesca, estaba ahora temblando, se encontraban frente a la cochera del Bolívar.

Leandro le pasó el meñique por el lado de la mano que llevaba trenzada a la suya. Yesca le contestó con el pulgar. Marcial avanzó hacia ellos. Se dieron el encuentro cerca de la fila de en medio, debajo de un espacio techado.

Marcial les hizo una seña para que lo sigan hasta la caseta del guardián. Entraron los tres y cerraron la puerta. No dijeron nada mientras el mozo cerraba las persianas. Por el filo de la ventanilla Yesca distinguió a un hombre vestido con uniforme de una compañía de seguridad fumando un cigarro apoyado en un Mercedes en la fila de enfrente y asumió que sería el guardián y que le cedió el local al señor Marcial por privacidad.

—Señora Jessica, qué gusto de verla por fin completita. Pensé que nunca regresaría —dijo el hombre abrazándola con cariño familiar—. Llevamos ya tiempo puesm esperando a que vuelva y hasta lo mandamos al Mocho a buscarla, pero le perdió la pista en Japón.

El hombre se retiró un poco para apreciarla mejor. Era una persona mayor, como de la edad de don Ovidio, de rasgos indígenas, la piel curtida por el sol y las manos envejecidas por los años de trabajo. Sus ojos achinados, marrones, traviesos, con pestañas largas y lisas como las de un caballo, albergaban la bondad de un espíritu genuino.

Yesca estiró sus manos hasta tocar las del viejo. Las miró. Recordaba bien las uñas mal recortadas, los dedos chicos, las venas que sobresalían por encima de la piel seca, cuarteada, áspera como la corteza de un árbol. Sintió la sangre de Marcial pulsando entre sus dedos. Recordó a su niña. Lo soltó.

—Ha sido un viaje largo… —dijo tratando de disculparse por el movimiento brusco que lamentaría que el hombre interpretase como hostil.

Leandro estaba mudo.

Yesca buscó fuerzas. Recordó la carita de su hija, el objetivo que la guiaba.

—¿Dónde está mi niña? ¿Está aquí? ¿Está cerca? ¿La puede entregar hoy? —siguió Yesca. Sentía su respiración tratando de aspirar todo el oxígeno en aquel espacio y a su corazón cabalgando casi fuera de su pecho, y lo único que quería era acallar ese ruido. Deseaba entregarse por completo al momento de revelación.

El hombre la miró triste.

—¿Dónde está mi niña? —volvió a repetir Yesca—. ¿Se puso mal del corazón? ¿Qué le ha pasado a mi bebé?

El hombre los apuró fuera de la caseta.

—Tenemos que ir a Los Olivos, a ver al Mocho para que les explique —dijo el hombre y le pegó un silbido al guardián de seguridad.

El hombre apagó el cigarrillo y se acercó corriendo.

—¿Cual? —preguntó entrando a la caseta y mostrándole las llaves de los automóviles estacionados.

—Cuál se quedará sin usar hoy día, puesm, compadre… Una ayudita, puesm —contestó Marcial con picardía.

El hombre asomó la cabeza fuera de la caseta, miró los carros y las llaves. Se decidió por uno que llevaba días estacionado en la cochera.

—Luna de miel. Lleva casi una semana sin moverse del lote —dijo entregándole la llave de un Volvo plateado que estaba estacionado al fondo del garaje.

Yesca, Leandro y Marcial se subieron al carro. El mozo iba adelante manejando. Sobreparó a la salida, cerca de la caseta.

—Me pasas la voz cualquier cosa —dijo Marcial.

—Me debes… —contestó el guardián riendo.

—Ya puesm. No prublem —dijo Marcial—. Te traigo unos puchos…

—Importados —contestó el de seguridad.

—Importados puesm, caballero. Hay que ser finos, puesm —contestó Marcial y aceleró para entrar a la calle que daba a la cochera del hotel.

Tomaron la Nicolás de Piérola y de allí la Panamericana Norte, como yendo hacia Comas. Yesca iba reconociendo lugares en donde había estado antes y los iba cantando en voz alta. A su lado, el señor Marcial la celebraba.

—Estuve mal. Perdí la memoria, por eso me demoré tanto en regresar —dijo Yesca a medio camino. No había preguntado por la niña de nuevo. Temía que el hombre le diera malas noticias. Todavía no estaba segura cuál era el papel que el mozo jugó en su vida pasada, cuál era su relación exacta.

—Y el señor, ¿quién es él, puesm? —preguntó el señor Marcial después de un rato de silencio.

Leandro se adelantó en responder:

—Soy su doctor.

—¿Está enferma señora Jessica? —preguntó Marcial volteando a mirarla.

—No estoy enferma, pero necesito al doctor Leandro para que me ayude a recobrar todos mis recuerdos.

Por ejemplo, usted y yo nos conocimos hace tiempo...
¿no?

El señor Marcial bajó la velocidad para voltearse a
mirarla.

—Desde que era chiquitita, señora Jessica. Su papá
la traía al Bolívar cuando venía a reuniones con señores
importantes, de la embajada puesm. Usted entraba a la
cocina del restaurante y jugaba sentadita, tranquilita,
muy educadita. Hablaba inglés y un poquito de castellano al comienzo. Y otra lengua, no me acuerdo, de
otro país. A veces me la encargaba su papá y yo me la
llevaba para arriba cuando limpiábamos los cuartos.
Pero era más la mujer del Mocho que la conocía porque
era su mama —dijo el hombre y bajó la ventanilla del
carro para apoyar su brazo.

—¿Mi mamá?

—No su mamá, cómo va a ser puesm señorita Jessiquita... su nana... —se rio Marcial y encendió un cigarrillo.

—¿Vivieron en Perú un buen tiempo, entonces? —
preguntó Leandro apoyando su cabeza sobre sus brazos
en el respaldar del asiento de adelante.

El señor Marcial se volteó levemente para contestar:

—Cómo no, caballero, cómo no. La familia vivió
aquí como cinco años, pero en dos ocasiones diferentes.
La mujer del Mocho trabajó con ellos las dos veces. La
señora Jessica jugaba a la doctora en los cuartos del Bolívar cuando me la llevaba conmigo a hacer la limpieza... desde chiquita quería ser doctora, puesm.

Linda era cuando era niña y muy buena gente con todos en el hotel. Todos la querían mucho. Y a su papá, que en paz descanse, también.

El señor Marcial entró a una urbanización, giró en la tercera calle a la derecha y luego dos izquierdas hasta llegar a una casa al fondo de una avenida con edificios y casitas de colores muy alegres.

—Ya llegamos —dijo.

Yesca se animó a preguntar:

—¿Mi hija está aquí?

El señor Marcial le abrió la puerta y le dijo:

—No está aquí. Entren para que el Mocho les explique mejor.

Entraron a la vivienda. Era una edificación de ladrillo con pisos de madera y amplias habitaciones amobladas en un estilo opulento. Caminaron por un pasadizo hasta llegar a la cocina y prosiguieron hasta la sala de estar. Se sentaron y fue allí que Yesca se dio cuenta que la casa era una imitación en miniatura de partes del Bolívar.

El señor Marcial los acomodó en un sofá que replicaba un antiguo mueble en tonos dorados que se sentaba cerca de la recepción del hotel y partió a buscar a sus cuñados.

Al ratito regresó con la pareja a la que se había referido todo el camino como el Mocho y su mujer, la nana de Jessica cuando era niña.

Los esposos se detuvieron en el umbral de la sala contemplando a Yesca con admiración y respeto, casi como si hubieron visto una aparición de una figura angelical que nunca esperaban encontrar en su hogar.

—¿Herme? —dijo Yesca en un susurro y sintió que las lágrimas le empezaban a bajar por las mejillas.

La mujer se acercó. La abrazó con cariño maternal. Se paró frente a ella. La tomó de las manos.

A su lado el Mocho la miraba boquiabierto. Pero apenas reparó en Leandro sus facciones cambiaron del todo y se puso más bien serio.

—Jessiquita… —dijo la mujer abrazándola de nuevo—. Cuánto lo siento Jessiquita. Cuánto lo lamento…

Yesca se retiró unos centímetros. Miró a la mujer, a Mocho y al señor Marcial.

—¿Qué le paso a mi hija? —dijo sintiendo un pesar que se levantó con fuerza en sus entrañas, destruyendo toda esperanza forjada hasta ese instante—. ¿Dónde está?

Leandro se levantó para abrazarla, pero Yesca se zafó. Quería encarar la verdad de pie y sin historias o mentiras. Era el momento.

Herme lloraba y Marcial la consolaba. Mocho fue el único que atinó a hablar:

—La niña, la Cali, ya no está acá. Está en un lugar seguro —dijo sin mirar a Yesca o a Leandro a los ojos.

—¿Lugar seguro? ¿Cuál lugar seguro? ¿Dónde? —interrumpió Leandro.

Yesca se secó las lágrimas y preguntó con un repique de alegría:

—¿Mi hija se llama Cali? ¿No está muerta, entonces?

El señor Marcial se rio.

—Ay señora Jessica. No puesm… ¿qué te hizo pensar que la niña se había muerto?

—¿Herme? ¿Te la encargué a ti…? ¿Qué pasó? —dijo Yesca empezando a recordar eventos de su último pasaje por Lima.

La mujer la miró, le pidió que se sentara.

—Dice que tiene las amnesias, puesm. Que no se acuerda de cosas, que no se acuerda de mucho —intervino el señor Marcial.

—¿Y él? —preguntó la mujer reparando en la presencia de Leandro.

—Es su doctor. Su sicólogo para las amnesias, puesm —señaló el señor Marcial.

Satisfecha con la explicación, la mujer regresó a Yesca.

—Vino a Lima después de años que no la veíamos. Estaba desesperada. Traía dinero, mucho dinero, y una niña de brazos. Nos dijo que le había cambiado el nombre a Cali y que su nombre era ahora Yesca Limón. Dijo que la buscaban unas personas muy malas. Nos dijo que asesinaron a su papi y a su señor esposo; y que también mataron a sus amigos. Dijo que no podía confiar en nadie, más que en nosotros. Que nosotros fuimos buenos con usted cuando era chica. Se acordaba de cuando yo era su niñera y cuando iba al Bolívar y jugaba con Marcial y el Mocho.

—¿Dónde está ella? ¿Dónde está mi... Cali? —preguntó Yesca secándose las lágrimas—. Si la dejé aquí, ¿dónde está mi hija ahora? —dijo y se detuvo para buscar la cajita con la foto de la niña.

La mujer miró desconcertada al Mocho y luego continuó:

—Estuvo viviendo en esta casa por varios meses. Una cosa que hizo fue que el dinero lo convirtió en lingotes de oro. Tuvimos que construir una nueva habitación y hasta por si acaso le pusimos falso piso y falsas paredes, bien gruesotas pues, para esconder todo ese oro.

—Uf, un montonón de oro. Nunca había visto una habitación llena de tope a tope con oro —añadió el Mocho.

—Parecía como en los dibujitos del rescate de Atahualpa —intervino el señor Marcial.

Yesca los miró como regañándolos por la interrupción.

—¿Luego? —preguntó Yesca.

—No sabíamos qué íbamos a hacer. Todo eran soluciones de momento nomás, nada que en realidad la hiciera sentir segura —continuó la mujer—. Se volvió como loca, decía que la perseguían, que estaban cerca de encontrarla y que luego la matarían, como a sus amigos...

—Y a su papá y su esposo —añadió el Mocho.

—¿Y entonces? —preguntó de nuevo Yesca.

La mujer miró a los dos hombres y prosiguió:

—Un día llegó de las compras y dijo que la habían visto, que estaba segura que los que la perseguían estaban ya aquí y que la descubrieron en el mercado. Bueno, todos estábanos muy asustados, pero usted nos dijo que lo mejor sería que usted se fuera del país y que dejaría a la Cali con nosotros para que estuviese segura. Nos dijo que teníamos que mover los lingotes a un mejor escondite. Luego se fue...

—Hay algo que no entiendo: ¿Por qué aceptaron ponerse en riesgo? —preguntó Leandro.

—Es que la señora nos dio parte de ese tesoro para nuestro uso y para la niña, en caso ella no regresara a recogerla y tuviéramos que criarla como si fuera nuestra —dijo el Mocho.

Yesca tomó la cara de Herme con sus manos y la puso frente a la suya.

—¿Qué pasó entonces? —le preguntó con dureza.

Herme dio un paso para atrás con la intención de soltarse. Se sentía asustada por la seriedad de tener que dar las cuentas después de tanto tiempo.

—Usted se fue y la niña se quedó aquí. No escuchamos más de usted, pero los malos de los que nos habló no eran de mentiras y un día se aparecieron en el Bolívar buscándola... Parece que le lograron seguir la pista, pero solamente hasta allá, porque aquí nunca vinieron.

Casi con timidez el Mocho se acercó y le mostró su mano derecha, a la cual le faltaba el dedo pulgar. Cuando Leandro se acercó a mirar, el hombre se hizo para atrás.

—Me asaltaron en el mismísimo Jirón de la Unión a plena luz del día. Me llevaron hasta un zaguán y me empezaron a preguntar por usted. Nunca preguntaron por la niña. Parece que sabían algo, pero no sabían todo. —El Mocho pausó y miró de miró de reojo al doctor, pero no pudo observar la reacción que buscaba—. Por horas me torturaron y hasta me cortaron el dedo, pero yo nunca dije nada. Se lo juro por mi madrecita —terminó el Mocho.

—Cuando mi hermano Marcial lo trajo esa noche todo ensangrentado y sin su dedo decidimos que no podíamos tener a la niña en esta casa, que era muy peligroso… Mi esposo se fue a buscarla al Japón, a donde nos había dicho que iría, pero no la pudo encontrar. Tuvimos que inventar otra solución por la seguridad de la Cali y la nuestra.

Yesca abrió la boca para gritar pero se contuvo.

—¿Qué hicieron con mi hija? —preguntó con seriedad.

La mujer y los dos hombres se miraron, luego el señor Marcial contestó:

—Se la dimos a una pareja para que se la lleven a otro país. También los lingotes de oro, puesm. Hasta que usted volviese nomás.

El camino de regreso al hotel fue silencioso. La alegría anticipada por recobrar a su niña se había disipado para dar lugar a un vacío aún más grande que el que traía desde Buenos Aires. *¿Cómo puedo encontrar a mi Cali?*, pensó Yesca... Su Cali. Y pensar que solo sabía el nombre ficticio que le puso a su hija La única otra clave que tenía era que la pareja que se llevó a Cali prometió que la niña viviría en algún lugar que tuviera su nombre. Eso era todo. Ni siquiera tenían el nombre de la pareja que recogió a la niña y el oro. Según lo que explicaron Herme, Marcial y el Mocho, la dejaron irse con una partida de nacimiento falsificada que llevaba el sello de la Municipalidad de San Borja. «Para su seguridad de la Cali», le explicaron. Confió en ellos y la traicionaron, entregándola a personas que no conocían bien, una pareja que pasó por el Bolívar, le dijeron. *¿Cómo puedo encontrarla? Tal vez sería mejor si dejo las cosas tal como están*, pensó. *Por el bien de mi hija, por su protección, a lo mejor dejarla con desconocidos es mejor*, se dijo mientras miraba el camino oscuro adornado únicamente por las luces centellantes de las

ciudades que se establecieron en una Lima que no reconocía a pesar de que le habían dicho que vivió en esa
área con su hija. *¿Cómo puedo haber olvidado mis últimos días con mi niña? ¿Seré tan mala madre? No. No
soy mala madre. Lo hice para salvarla*, se dijo y regresó a la pregunta que consideró la única de importancia: *¿Cómo encontraré a mi Cali?*

El señor Marcial los dejó en la puerta del hotel. Le
entregó una foto cuando le dio la mano. Luego se despidió:

—Lo siento mucho, señora Jessica. Tratamos los
más posibles, pero ya cuando lo mocharon al Mocho,
ya no puesm, supimos que no se podía dejar las cosas
de esa manera. Y cuando no la pudimos encontrar…
Pongases en nuestro lugar…

Yesca bajó del carro sin decir nada. No sabía qué
decir. Buscó compostura mientras guardaba la foto en
su bolso. Dio la vuelta hasta el lado del chofer, se apoyó
en la ventanilla abierta, miró al señor Marcial y tomando su mano la apretó con ternura y le dijo:

—Sería fácil echarles la culpa, pero no lo voy a
hacer. Ustedes me ayudaron hasta donde pudieron. Hicieron lo mejor que se les ocurrió por mi niña. Yo soy
la que se fue y la dejó aquí. Yo soy la que la abandonó…

Sin terminar de despedirse, Yesca empezó a caminar hasta la puerta del Bolívar. La luz de los faroles del
parque al otro de la avenida resplandecía sobre su cabello y las lágrimas que caían por sus mejillas. Leandro
se despidió bruscamente del señor Marcial y la siguió
sin decir nada.

Entraron al hotel. El toc toc de sus tacones sobre el piso de mármol reverberaba en los oídos de Yesca como si fueran explosiones cada vez más fuertes. El camino hasta el ascensor le pareció increíblemente largo, casi infinito. Sentía que sus emociones estaban emanando por todos sus poros, que no las podría detener antes de llegar a su cuarto, que la sensación de pérdida se la estaba comiendo y nunca le permitiría concentrarse de nuevo en lo único que importaba, Cali.

Centró toda esa fuerza que naturalmente se desencadenaba en esos segundos que tomaba llegar de la recepción al ascensor para decirse a sí misma que no podía desfallecer ahora… ahora, que estaba tan cerca. Sí, era cierto que no encontró a su bebé; pero también era verdad, y aún más importante, que esta niña a quien nombró Cali estaba todavía viva y que sus padres, sus padres adoptivos, mejor dicho, sabían que algún día ella regresaría a buscarla. Enfocó todo su ser en una sola pregunta: *¿Cuántas localidades con el nombre Cali existen en el mundo y dónde quedan?*

Una vez que tomó la decisión de concentrarse en encontrar a Cali en lugar de sentir la pena, Yesca apreció que el sonido de los tacones sobre el mármol aminoraba y que la distancia entre ella y el ascensor se acortaba. Notó que algo nuevo despertaba dentro de ella y que sus emociones habían sido domadas, alineadas con un objetivo claro: encontrar a Cali.

Esperó hasta entrar al ascensor para hacerle la pregunta a Leandro:

—¿Cuántas ciudades con el nombre de Cali existirán en el mundo? —dijo y sacó del bolso una libreta de apuntes y un lapicero.

Leandro sonrió entendiendo que estaban de nuevo en la búsqueda de la niña y el oro… el oro que llenaba todo un cuarto, como en el rescate de Atahualpa.

Caminaron en silencio hasta la habitación. Al llegar, Yesca empezó a escribir rápidamente en la libreta de apuntes, luego le mostró: *"Cali, Colombia, Cali de California, Baja California, Mexicali"*.

—Cali, Colombia sería el mejor. El más obvio —dijo Leandro—. Tengo amistades en la embajada de Colombia. Puedo llamar mañana para que nos ayuden con la pesquisa.

Yesca se sentó al lado de él, al borde de la cama. Tomó su mano y la acarició con fuerza mientras pensaba.

—Che… Yesca… ¿estamos? —dijo Leandro después de un rato y le pasó la mano libre por la mejilla.

Yesca lo miró con dulzura, luego le contestó:

—No. Cualquier averiguación que hagamos tenemos que hacerla solos, sin despertar sospechas ni atraer más preguntas o más personas. Todavía corro peligro y mi niña también.

—¿Y entonces qué propones?

Sin contestar, Yesca tomó su bolso y entró al baño. Cerró la puerta con llave y buscó la foto que le entregó el señor Marcial en el carro. Era pequeña y se la colocó en la palma de la mano sin decir nada. Miró la fotografía: no era una imagen de Cali sino de ella y su hermana menor, Calliope, tocaya con la musa griega de la poesía. Sus padres la habían llamado así porque en algún momento cruzaron sendas con una pareja griega y el nombre les fascinó.

«Calliope… Cali…», susurró Yesca.

Mientras pensaba en su hermana y su hija, la foto se le escurrió de la mano y cayó sobre la loseta del baño con la parte de atrás mirando hacia arriba. Yesca se agachó para recogerla y notó que había algo escrito en el papel fotográfico.

"Haga una visita al convento de las Carmelitas al mediodía mañana. No lleve al doctor".

Yesca se quedó leyendo el mensaje que le escribió el señor Marcial.

¿Por qué no debo llevar a Leandro?, se preguntó. Luego dejó correr el agua para llenar la tina y se metió en ella para seguir pensando.

A la media hora escuchó a Leandro al otro lado de la puerta:

—¿Cali, Colombia?

Yesca salió de la tina y abrió la puerta mientras se colocaba una bata.

—No creo que sea Colombia —le dijo y regresó hasta el lavatorio para buscar una escobilla de pelo.

—¿Y cómo así estas tan segura? —preguntó Leandro desde el umbral de la puerta.

—Porque los asesinos son del Cartel de Cali. El señor Marcial no lo hubiera permitido —contestó Yesca y terminando de peinarse dejó el cepillo encima del lavatorio, tomó el bolsón y regresó a la habitación, se quitó la bata y se metió a la cama.

—¿Y entonces qué? —dijo Leandro desnudándose para meterse a la cama.

Yesca apagó la luz de la mesita de noche, alargó el brazo para esconder su bolso debajo de la cama y girando se subió encima de Leandro, meciendo su cuerpo sobre el de él hasta encajar perfectamente. Pensó en las monjitas, en Calliope y en Cali mientras llevaba a Leandro hasta el orgasmo. Pensó en la advertencia del señor Marcial y en cómo iría hasta el convento sin despertar sospechas mientras le declaraba a gritos el goce del placer que él le estaba haciendo sentir. Maulló en éxtasis y cayó sobre el mullido colchón y siguió pensando hasta que lo escuchó ronronear a su lado, por fin aniquilado por el clímax largo que a ella le costó sostener mientras pensaba en Cali y en Calliope y las Carmelitas y sus años de adolescente en Baja California. Afuera, la garúa limeña empezaba a blindar la ciudad con una neblina densa.

Despertaron y Leandro estaba dulce como un perrito. Yesca no pudo evitar pensar en lo fácil que era contentar a un hombre, en lo sencillo que había sido estar allá arriba y cabalgar por un buen rato con el doctor mientras decidía qué hacer. *El sexo es un arma tan poco original pero tan válida*, pensó mientras se vestía y continuaba jugando con los deseos de Leandro, mostrándole su trasero mientras se ponía los pantalones, acomodándose los pechos mientras se colocaba una blusa a la que dejó unos botones abiertos para mostrar un poco de seno, haciéndole caritas y jugando con su bufanda.

—¿Nos quedamos? —dijo Leandro empezando a bajarse el cierre del pantalón.

Yesca lo miró, le pasó la mano por el rostro y caminando la mano lentamente por su cuerpo le subió la cremallera.

—Tenemos que hacer... —contestó, terminando de vestirse con premura y regresó al lavabo.

Leandro suspiró y se puso los zapatos.

—Estaba pensando… —dijo Yesca desde el baño—. ¿Qué tal si hoy nos separamos? Tú podrías dedicarte a la lista de ciudades que llevan Cali y yo puedo dar una vuelta por Lima, a ver si puedo refrescar mi memoria un poco más…

Leandro no contestó. Yesca siguió:

—¿Che? ¿Leandro? ¿Estás allí?

Salió del baño.

—¿No quieres estar conmigo? —Leandro preguntó malhumorado.

Yesca lo acarició, le hizo mimos antes de contestar:

—No es eso. Sabes que te adoro. ¿No hicimos el amor anoche?

—Sí… pero…

—Pero nada. Yo quiero estar contigo, pero creo que hoy tú debes completar la lista, tal vez ir a la biblioteca y usar el Internet allá, o algo así, mapas o algo. Y yo necesito pensar y quiero estar sola. No sabes acaso que las mujeres somos así, que a veces queremos estar solas…Y, la verdad, quiero ir a mi antiguo barrio, ver la casa donde viví, pasar por el centro artesanal y hacer unas compritas… Pura nostalgia… Prefiero estar sola. Me entiendes, ¿no? —dijo Yesca y se acurrucó en su pecho.

—Está bien —contestó Leandro acariciando su cabello—. Tal vez puedas abrir unas cuantas puertas cerradas si te entregas a esos recuerdos en la privacidad de tu memoria. Pero esta noche eres mía. ¿Estamos?

—*Ay Ay, Capitain. Tonight we feast* —contestó Yesca y le dio un beso largo y mojado con pasión en la boca.

Una vez que encaminó a Leandro hacia una cabina de Internet cercana, Yesca pidió un taxi y se dirigió hacia el convento. Era cerca del mediodía.

Vio al señor Marcial en la entrada de la iglesia rosada, junto a un portón de madera antigua en un santuario de la época de la colonización española dedicado a la Virgen del Carmen. El templo era humilde en comparación con otros en la ciudad, pero tan solo pasar las rejas que encofraban el local y pisar el empedrado frente a la fachada y supo por qué se encontraba allí. Recordó haber estado en ese mismo lugar cuando su mamá las traía a comprar limones confitados rellenos con manjar blanco. Una letanía llegó hasta sus labios y recitó en voz baja: «Virgen del Carmen querida, tuya es mi vida, vela por mí y cuando logre dejar este suelo, llévame al Cielo, cerca de ti».

El señor Marcial le hizo un gesto e ingresó a la iglesia. Yesca lo siguió hasta un cuartito pasando la sacristía. Allí los esperaba una madre carmelita. Vestía un hábito marrón y llevaba el escapulario de la orden. La monja, una persona mayor, sonrió y bendijo a Yesca apenas la vio entrar.

—Pensamos que nunca más sabríamos de ti. ¡Alabados sean Dios y la Virgen del Carmen, que en su misericordia te han regresado hasta este santuario! —dijo la madre abrazándola con cariño.

—¿Mi niña? Está aquí mi niña… señor Marcial, madre… ¿Mi hija la tienen aquí? —dijo Yesca, asomándose hacia la sacristía y la oficina que quedaba más allá.

La madre la tomó del brazo y la ayudó a sentarse.

—Tu hija, Cali, estuvo aquí. Marcial la trajo cuando vio el peligro en el que estaba. Fueron tus órdenes antes de irte. Tu mamá te traía mucho cuando eras chica… ¿recuerdas? —dijo la madre y miró a Marcial. Luego continuó: Marcial me ha explicado que perdiste la memoria y que hay cosas que no recuerdas…

—Recuerdo haber estado aquí antes… pero no con mi niña —murmuró Yesca con tristeza—. ¿Dónde está Cali si no está aquí?

El señor Marcial se sentó y le dijo:

—La trajimos para acá. Tú nos dijiste que la trayeramos. No quise decirte ayer porque el doctor tiene ojos malos, puesm, No me dio confianza.

—¿Dónde está Cali si no está aquí? —repitió Yesca subiendo la voz.

La madre le dio una palmadita en la espalda y luego le dijo con extrema calma:

—No sabemos dónde está físicamente, es por su propia seguridad, pero sabemos que está en buenas manos…

—Se la entregaron a una pareja y lo único que saben es que el lugar en donde viven lleva el nombre de Cali… ¿verdad? ¿Algo más? ¿Algo que no sea inservible? —contestó Yesca empezando a sollozar.

El señor Marcial y la monjita sonrieron.

—La niña está con tu hermana —dijo el señor Marcial.

Yesca dejó de llorar.

—¿Calliope está viva? —dijo y se levantó.

—Todos pensábamos que había sido también asesinada, como tú dijiste. Pero un buen día apareció por el monasterio, buscándote, y nos contó una historia extraordinaria de supervivencia —dijo la madre y le entregó un escapulario de la Virgen del Carmen que su hermana siempre llevaba puesto.

Yesca lo tomó, incrédula todavía. Sus manos temblaban.

—¿Calliope y Cali están juntas? ¿Cuándo fue esto? —dijo.

—Ha pasado ya un buen tiempo y nunca más escuchamos de ella… —dijo la madre.

—¿Pero ella se llevó a mi bebé?

—Jessiquita, tu hija está con tu hermana… tu hermana, que fue asaltada y torturada, pero que de alguna manera sobrevivió y dio con el paradero de ustedes… tu hermana, que sabía lo que se estaba jugando al llevarse a tu hija, y aun así decidió protegerla. Tu hermana —contestó la monja, limpiándole el rostro con un pañuelo blanco que sacó de la manga de su hábito y luego colocó en las manos de Yesca.

Yesca agradeció el gesto, se enjugó las lágrimas y se sonó la nariz, pero aun así el agua salada seguía fluyendo por sus mejillas y su cuello, cayendo en torrentes en su regazo.

—¿Y no saben dónde están? —volvió a indagar sintiendo que si preguntaba la cantidad suficiente de veces, alguien le daría la respuesta que anhelaba.

La madre y Marcial intercambiaron miradas.

—Lo único que nos dijo fue que si alguna vez regresabas que te digamos que la respuesta la tiene la Virgen del Carmen —dijo la monjita, posando su mano callosa encima de la de Yesca—. Calliope dijo que busques en el inicio. No sé lo que significa, pero eso es lo que dijo.

—La Virgen del Carmen y el inicio... ¿Eso es todo? —preguntó Yesca estrujando el escapulario de su hermana entre sus dedos.

—Eso es todo lo que sabemos. Piensa cuando eras chica. Piensa en ti, en tu hermana, en las cosas que hacían, los lugares donde han vivido... Piensa en el inicio... ¿Qué significa el inicio para ustedes? —dijo la madre.

Yesca dejó de llorar, sonrió a medias, sin estar segura si ese último discurso era lo que necesitaba para figurar su siguiente destinación.

—El último clóset... —dijo y levantándose apresurada se despidió de los dos.

Marcial la interrumpió. Su cara se entristeció y las palabras apenas le salían:

—Señora Jessica, también hay otra cosita que le tengo que contar, pero me da tantísima pena decirle. El doctor, su acompañante, el Mocho dice que se parece al jefe de los que lo torturaron… —tartamudeó el señor Marcial.

Yesca lo miró y empezó a caminar hacia la sacristía.

—El Mocho está equivocado —le contestó desde la puerta—. Tiene que estar equivocado —susurró para sí misma mientras se alejaba.

Se encontró con Leandro para almorzar ligero y luego empacar. Había resuelto dejar Lima de inmediato. Había decidido muchas cosas en la carrera de regreso desde Barrios Altos hasta el Bolívar, pero igual escuchó la lista de lugares con la palabra Cali que este hombre a quien quería amar, a quien confió su vida hasta ese día y a quien el señor Marcial acusó de torturador, había encontrado.

Estaban Calistoga y Califa en California, Calitri en Italia y Caliente Tampa, un *resort* para nudistas. También encontró Calliope en Australia, Callicoon en Nueva York, Caledonia en Nueva York y también en Michigan, y Caledon en Canadá. Otra posibilidad era la recatafila de Aguas Calientes en Perú y en México y Venezuela y hasta en Colombia. Luego de páginas de información, Leandro le dijo que también habría la probabilidad de que se trate de la Calle Cali, en cuyo caso había encontrado una lista completa de lugares en todo el planeta.

—¿Y qué se supone que deberíamos hacer? —dijo Yesca, dejando el tenedor sobre el plato.

Leandro la miró sorprendido.

—¿Ir de país en país buscando todos los Calis o nombres que lleven Cali? —contestó y le pasó la mano masculina por el brazo hasta llegar a su mano y enlazarla con la suya—. No vas a darte por vencida ahora, ¿no?

Yesca lo observó. No pensaba en los nombres sino en el riesgo que corría al mantenerlo junto a ella. Hasta entonces el doctor fue su aliado, pero ¿qué si no lo era? ¿Le creía al señor Marcial o a Leandro?

—Salgamos hoy. Viajemos a California. Podemos partir hoy mismo —le dijo decidiéndose por mantener al doctor cerca, y regresó a comer su ceviche.

—¿California? ¿Y por qué California? —contestó Leandro pasándole los dedos por la mano que se veía tan pequeña al lado de la suya.

—¿Por qué no? Tengo un presentimiento acerca de California. Salimos hoy y punto —contestó Yesca y bajó la mano de Leandro hasta su muslo, y mirándolo coqueta le hizo mover la mano hasta sentir la tibia llamada entre sus piernas—. Apúrate y termina de almorzar si quieres postre antes de partir —dijo y cerró sus piernas dejando la mano de Leandro atrapada en su promesa.

Volaron esa noche y llegaron a Estados Unidos de madrugada. Conversaron toda la noche durante el vuelo, acurrucados el uno dentro del otro, tocándose levemente debajo de la frazada.

Pasando por encima de algún país en América Central Leandro le susurró que estaba enamorado de ella. Yesca le respondió con un beso en la mejilla y un «gracias por acompañarme en este viaje» no muy sentido. Luego se dio media vuelta y fingió dormir el resto del vuelo mientras Leandro acariciaba su nuca. Lo deseaba con todo su cuerpo pero las palabras del señor Marcial, aunque no las creyó en ese momento, la tenían perturbada y sospechosa. *¿Por qué un doctor tomaría voluntariamente todo ese tiempo para ir a la cacería de sus recuerdos? ¿Por qué quería Leandro estar con ella, con sus peligros, con sus miedos, con la infinita desolación de los muertos que cargaba en su alma y la niña desaparecida que colmaba sus pensamientos? ¿Y si fuera verdad lo que el señor Marcial le dijo? ¿Y si Leandro era el enemigo que con tanto rigor y sacrificio logró evadir todo ese tiempo?*

Aterrizaron en Los Ángeles. Yesca no se lo dijo a Leandro, pero ella recordó mientras estuvieron en Lima que su hermana vivió en California en alguna época. Su recuerdo era que los del cartel habían llegado hasta ella después de su marido y su papá, pero antes que Charlie y Lore. Por eso es que se había refugiado con sus amigos en lugar de fugarse hasta donde se escondía Calliope. Un respiro de paz la invadió. Estaba tan cerca de lograr desenredar el misterio que la consumía.

Alquilaron un automóvil, salieron de las inmediaciones del aeropuerto y buscaron un lugar donde comer algo y estudiar el mapa de la región.

En el auto, Yesca barajaba hacia dónde deberían partir primero. Existía una ciudad de nombre Carmen en California, varias horas al norte de donde se encontraban. ¿Y si Calliope le hizo una de sus famosas bromas y más bien quería que se enfocase en la palabra "virgen" de Virgen del Carmen? Eso tenía también bastante sentido a los ojos de Yesca.

—¿Cómo así te enamoraste de mí? —preguntó Yesca de manera casual mientras engullía con avidez un pedazo de *French Toast* bañado en mantequilla y miel de *syrup*.

Leandro dejó su taza de café sobre la mesa del cafetín al lado de una avenida bulliciosa y tomó las manos de Yesca entre las suyas.

—Es imposible no enamorarme de ti. Eres todo lo que deseo. Tu cuerpo, tus ojos, tu mente, tu corazón inmenso... tu sonrisa, hasta esos labios chuecos cuando estás pensando en algo y la fortaleza que mueve todos y cada uno de tus pasos. Tienes una voluntad de hierro, un alma bondadosa y una inteligencia humilde. Y no está de más que seas una mina extremadamente atractiva —dijo y besó cada dedo en las manos de Yesca.

Yesca no le creyó. Ya todo lo que decía el hombre en quien decidió confiar, el amante a quien entregó su cuerpo, venía deformado por el filtro que el señor Marcial colocó en su mente. *¿Y si Leandro finge quererme porque tiene la intención de llegar hasta el dinero?*

—¿Qué va a pasar si recobro a la niña, a Cali...? ¿Sabes que no recuerdo su verdadero nombre? —contestó Yesca. Realmente quería saber qué hacer.

Leandro se pasó al asiento al lado de ella. La abrazó con intensidad. Acarició su espalda. Luego le dijo:

—El amor que tienes por esa niña es lo que te ha cargado, lo que te ha empujado y lo que te ha entregado valentía que no sabías que poseías durante todo este espeluznante viaje en retroceso. Cali es quien te ha ayudado a abrir todos esos clósets, mirar en todas esas cajas llenas de recuerdos. Es ella, y solamente ella, la que ha sido el motor de tus días todo este tiempo. Si no fuera por ella, hubieras tenido éxito en alguno de tus intentos de suicidio, o hubieras podido borrar tus recuerdos y continuar una vida libre de peligros, pero no lo hiciste… Y no lo hiciste porque dentro, muy dentro de ti, sabías que algún día querrías verla de nuevo. Por eso te dejaste claves por todos lados. Por eso confiaste en ciertas personas. Por eso estamos aquí: para que puedas abrir el último clóset.

Yesca comprendió que necesitaba a Leandro una vez más para poder enfrentar a su hija, para ayudarla a navegar esa ruta incierta del reencuentro con alguien que no la recordaría.

Dobló el mapa y se levantó.

—Vamos —le dijo y empezó a caminar hacia la puerta.

Cuando Leandro le dio el encuentro en el carro, Yesca lo esperaba con el mapa nuevamente desdoblado sobre el capó. Apenas se levantó para salir del restaurante decidió concentrarse en las palabras California y virgen, así que marcó con un resaltador una zona en el sur de California y la estaba estudiando al detalle, buscando algún lugar que llevase el nombre que le prometía la devolución de su hija y de su hermana.

Leandro la abrazó por atrás. Se quedó cerca de ella un rato, susurrándole palabras amorosas que olían a café pasado. Yesca gozó el calor de sus palabras, la emoción de su cuerpo palpitando tan cerca. Podía sentir que desfallecía junto a Leandro, que quería entregarse, bajar la guardia, arroparse con sus robustos brazos y dejarse caer en su pecho, perderse en el bosque de sus mimos, cubrirse con el baluarte de su fortaleza y dejar de pensar, dejar de llorar, dejar de buscar, dejar de correr, dejar de esconderse y simplemente dejarse ir, así, cayendo en el tibio abrazo, en el ensueño flotante de quien no tiene perturbación alguna.

Pero, así como percibía el magnetismo de Leandro jalándola como mujer, también apreciaba el deber natural de madre empujándola con mayor ímpetu.

Bajó sus manos y suavemente retiró a Leandro.

—Che… —dijo el doctor, brindándole una última caricia sobre la nuca.

Yesca se estremeció. Eran tantos años que no se hallaba tan cerca de nadie.

—Tenemos que concentrarnos —le contestó, sabiendo que pronto llegaría al límite, a la frontera de las decisiones.

—La próxima vez no te ofrezcas tan sensual encima del capó del carro… Pareces estrella de cine, toda curvitas por atrás… qué *teaser* que eres, che… —Leandro contestó y le dio una nalgadita antes de retirarse hacia el costado de Yesca.

Yesca volteó, le dio un piquito en la boca, sonrió y regresó al mapa.

A Leandro se le iluminó el rostro. Intentó abrazarla de nuevo, plantarle un beso largo, de hombre. Yesca le contestó avanzando unos pasos hacia el costado del carro, cerca al faro de la izquierda y retornó al mapa.

—¿Viste? ¡Eso! Eso es exacto lo que te estoy reclamando. Me haces sentir que quieres y luego te escapas… Una traviesa eres, me inquietas y te vas… —se quejó Leandro.

—¿Me vas a ayudar o no? —rezongó Yesca sin levantar la mirada de las carreteras e intersecciones que se encontraban dentro del circulo amarillo neón que había trazado en el mapa encima de la frontera de Estados Unidos con México.

Leandro se pasó la mano por el cabello, a veces hacía aquello como para botar por allá arriba toda la energía encabritada.

—¿Por qué tienes esta región marcada? —preguntó, tratando de distraer la erección acumulada debajo de la tela del pantalón.

—Lo que está dentro de este círculo viene a ser para mí el último clóset, en formato de mapa —contestó Yesca, siguiendo una carretera con su dedo.

—¿Cómo sabes que lo que buscas está aquí, justo aquí? —insistió Leandro.

—Lo sé y eso es todo. No tengo explicación —replicó Yesca, cambiando el dedo a otra carretera—. Busco el inicio, encuentro a mi hija. Simple.

Leandro la arrimó un poco para centrarse mejor sobre el mapa. Puso su dedo en una carretera que bordeaba el círculo. Caminó su índice sobre aquella hasta que se encontró con el meñique de Yesca y suavemente lo acarició.

Yesca se soltó de inmediato. Tenía el deber frente a ella y no quería aligerarlo o interrumpirlo. Miró a Leandro y suspiró.

—¿Y si fuera un pueblito o algo más chico, como una urbanización o una villita? No lo vamos a encontrar en este tipo de mapa si es un lugar pequeño —dijo Leandro, echándose boca arriba sobre el capó para lograr hacer contacto visual con Yesca.

Yesca evitó que sus ojos se escaparan hasta los de Leandro, jaló el mapa hacia donde estaba ella e ignoró sus palabras.

Leandro se echó de costado, mirándola a ella, acunando su cabeza sobre su mano.

—¿Me escuchaste? —le preguntó y extendió su otro brazo hasta que rozó con las puntas de sus dedos las puntas del cabello de Yesca. Salieron unas chispitas cuando la rozó. Se despegó.

—¡Auch! ¿Viste los destellos que tengo por ti? —bromeó.

Yesca no contestó. Leandro se sentó.

—¿Te he hecho algo? —preguntó cuando vio que ella ni lo miraba ni le contestaba.

Yesca dejó el mapa. Se incorporó cerca de Leandro. Dudó. No estaba segura de qué palabras usar, qué ruta seguir. Se decidió por la que no la delatara.

—No me has hecho nada. Solamente que yo me quiero concentrar en encontrar a mi hija y tú estás enfocado en acostarte conmigo. Estamos en diferentes guiones. Eso es todo. ¿Me vas a ayudar o no?

Leandro se resbaló por el capó del carro y ocupó el lugar al lado de ella.

—¿Y si fuera una mezcla de nombres?

Yesca dio un respingo.

—¿Cómo qué? —preguntó. Se sentía atenta, despejada.

—Como… por ejemplo… Como si los nombres que escogiste también tienen algún tipo de significado. Ya sabes, o piensas intuitivamente, que Cali significa California… ¿Y si Cali también significa algo más? Podría ser que te hayas dejado una pista dentro de otra… Piensa en las palabras clave, o los lugares de importancia, o una mezcla. No sé. Piensa y siente. Siente dentro de ti y procesa. ¿Me dejo entender? —dijo Leandro, expandiendo con el rabillo del ojo la búsqueda, más allá de la frontera fijada por su compañera.

Yesca cerró los párpados y empezó a decir palabras de manera aleatoria. Su nombre, el nombre de su hija, el de su papá, el de su esposo, el de su hermana, los nombres de todos sus amigos, los que recordaba al menos, el del hotel en Japón, personas que conoció en Perú, lugares que visitó en Buenos Aires, temas de su infancia, las monjitas, postres que le gustaban. Recitó por un buen rato en voz alta hasta que no tuvo nada más que decir. Luego empezó a casar esas palabras con otras, mezclando y remezclando, integrando, desintegrando y volviendo a integrar sin cesar, mientras Leandro auscultaba el mapa y apuntaba los nombres en una libretita. Yesca prosiguió con el canturreo sin detenerse por una hora maciza. El sol estaba pegando fuerte y la arena a sus pies irradiaba con resplandor. Los dos se sentían agotados, pero continuaron durante una hora más. Cuando se cumplieron las dos horas, Leandro ofreció regresar al restaurante donde desayunaron y comprar unas bebidas.

Yesca asintió pero no dejó de murmurar palabras, combinaciones de palabras y recombinaciones de palabras. Siguió sola, diciendo, mirando y apuntando, recobrándose de la desilusión, relanzando palabras hechas a mano, buscando en el mapa una y otra vez sin descansar. En todo ese tiempo no habían encontrado ni un solo lugar cuya designación siquiera semejara cualquiera de las palabras que salieron de su boca, pero ella presentía que ante aquel monumental desafío su terquedad y su amor maternal podían más.

Iban por la mitad de la tercera hora cuando Yesca por fin recitó un nombre que sí existía en el mapa: Yescali.

Agotados pero delirantes de felicidad, Yesca y Leandro doblaron el mapa, se metieron al carro y arrancaron hacia el sur, hacia Baja California en México. Yesca iba silenciosa, Leandro manejaba con un ojo en la carretera y el otro en ella. El minúsculo lugar que buscaban se encontraba en el extremo sur de la península, mirando hacia el Golfo de California, cerca de Cabo San Lucas.

Bajaron por San Diego para cruzar la frontera en Tijuana. Luego tomaron la carretera federal número uno de México que de manera un poco desorganizada los llevaba desde Ensenada, pasando por La Paz, hasta la región más sureña de la península. El paisaje, a ratos desértico, a ratos montañoso, a ratos de una beldad de ensueño con playas de aguas azul-verdosas y pueblitos que fueron fundados por misioneros españoles en la época de la conquista, fue apareciendo y desapareciendo mientras cruzaban lugares cada vez más alejados de la civilización y se adentraban en parajes cada vez más vírgenes de Baja California.

Poblados y modernidad se achicaban mientras que el corazón de Yesca crecía silencioso y esperanzado al presentir la cercanía de su niña.

Al caer la noche del primer día de aquella ruta de casi mil setecientos kilómetros, acordaron detenerse y descansar en el siguiente pueblo que encontraran, exactamente una hora después de la puesta del sol.

Así lo hicieron; y hubiese sido sencillo buscar un hotel y disfrutar de un sueñito en aquella agradable villa, pero Yesca insistió en continuar manejando hasta llegar al extremo de Baja California Sur, hasta donde se acabara la carretera. Leandro no le hizo guerra. Más bien le dio las llaves del automóvil y tomando el asiento de pasajero, cerró los ojos y no los volvió a abrir hasta que estaban entrando a la urbanización de Yescali en la ciudad de Yescali.

—Yesca y Cali… Yescali… Yescali. No se me hubiera ocurrido en un millón de años y sin embargo aquí estamos —dijo Yesca, que se había estacionado frente al letrero de la urbanización y hablaba sola en voz alta.

Leandro abrió los ojos y se incorporó en el asiento mientras se limpiaba las legañas de los ojos.

—¿Llegamos? —preguntó Leandro bostezando.

Yesca puso su mano sobre la de él y la estrujó nerviosa.

—Manejé toda la noche sin parar. No hubiese podido dormir así hubiese querido —contestó. Su mano temblorosa se asía al volante con fuerza, sobándolo vigorosamente, rasgando con las uñas la cuerina.

Leandro puso su mano libre sobre la mano de Yesca que tenía su izquierda agarrada. La tibieza de su mano firme la calmó.

—¿Qué pensás hacer? ¿Cómo la encontrarás? —dijo Leandro mientras masajeaba los dedos de Yesca.

—¿Tal vez viven aquí? —contestó, sintiendo que explotaría si no se apeaba del carro y empezaba a buscar a Cali y a Calliope de puerta en puerta. Todavía no se acordaba del verdadero nombre de su niña.

Abrió la puerta del automóvil y se bajó. Leandro la siguió.

Era una colonia de mediano tamaño en medio de la nada, como si a propósito la hubiesen retirado de las zonas turísticas. Las casas parecían de construcciones nuevas, chiquitas pero muy bonitas, con paredes de cemento y techos de tejas, adornadas por unos jardincitos floridos y bordeados por cercas bajas pintadas de blanco. Las viviendas, bastante similares a primera vista, se diferenciaban en la fachada, que al parecer venía en cuatro modelos. Iban todas parejitas sobre el plano citadino, colocadas en filas largas que conformaban manzanas perfectamente rectangulares, con calles anchas que desembocaban en avenidas.

Yesca sabía que había visto esta colonia antes en algún sitio, pero no podía recordar dónde. Y tampoco era importante. Aunque, de todos modos, apenas la vio sintió una conexión emocional que no se supo explicar, como si hubiese estado allí en el pasado.

Se pararon cerca de la reja de entrada a Yescali y observaron en silencio el ir y venir de carros y transeúntes.

—Y si la encuentro, ¿qué le debo decir? ¿Qué debo hacer? —preguntó Yesca quebrando el mutismo luego de un buen rato. Quería prepararse para el momento que la llevó hasta allí.

Leandro la abrazó. Luego la miró con ternura y tristeza, como queriendo decirle algo que venía trabado en su garganta desde que salieron de Lima. O tal vez desde antes, desde que la volvió a ver en el Japón. Le pasó la mano por el cabello, la bajó por la nuca y se quedó aferrado a ella. Pero no le dijo lo que galopaba en su conciencia.

—¿Y cómo que si la encuentras? Que si la encuentras, la encuentras. ¿Venís hasta acá para tener dudas? —la encaró. Había vuelto a tomar el papel de terapeuta—. No es que si la encuentras, es cuando la encuentres. Y en ese instante, tu corazón te dirá exactamente lo que tienes que decir, cómo tienes que actuar. El amor de madre que te ha traído hasta acá sabrá explicarle el porqué de todo, dónde estabas todo este tiempo y las cosas que hiciste para protegerla.

Yesca sonrió. Las palabras de Leandro le hacían sentir infinitamente valiente.

—Hay un centro de ventas atravesando la calle. Yo digo que empecemos allí —dijo y cruzó la pista sin mirar dos veces.

Al abrir la puerta de esa casa, que usaban para la oficina de ventas de Yescali, lo primero que Yesca vio fue a una mujer de espaldas hablando con un cliente. La decoración de la casita la tomó de sorpresa por su familiaridad, era una mescolanza de peruano, mejicano y norteamericano, con cerámicas incas de decoración sobre las mesitas y textiles adornando las paredes, perfectamente a tono con camisetas de equipos de fútbol americano y juguetes como el Etch a Sketch sobre un baúl en una esquina, en sorprendente sintonía con la estatua de la Virgen de Guadalupe, protectora de moradores y habitantes, colocada en un lugar céntrico del salón. El aroma a galletas recién horneadas inundaba el lugar con recuerdos de hogar y se intercalaba con el olor a esencia de lavanda que despedía la mujer que todavía no había reparado en ellos.

Yesca avanzó pausada, absorbiendo con todos sus sentidos lo que le rodeaba. Quería voltear a la mujer y ver su cara pero temía que no la reconocería. Leandro quedó rezagado, alisándose la noche mal dormida cerca de la puerta de entrada.

Yesca continuó caminando hasta que llegó a la esquina opuesta a la entrada y volteó para mirar a la mujer, que ahora se encontraba frente a ella. Levantó la mirada desde el piso hasta la extraña y no pudo evitar emitir un sonidito apenas la vio completa.

—Buenas, ¿desea ver algunos de los modelos? —dijo la mujer mientras se despedía de su cliente.

Yesca dio unos pasos para acercarse y le entregó el escapulario de la Virgen del Carmen que la monjita le había devuelto en Lima. La mujer miró la insignia y sin decir nada la abrazó. Las dos temblaban.

—¿Jessica? —murmuró la mujer al oído de Yesca. No la había reconocido.

Yesca asintió y le preguntó bajito:

—¿Eres Calliope? ¿De verdad eres Calliope, mi hermanita?

Calliope la abrazó fuerte y luego le jaló de la oreja, como solía hacer cuando eran pequeñas y le quería avisar que tenía un secreto que contarle.

—No digas nada, no hagas ningún ruido que nos delate —dijo Yesca llorando y riendo a la misma vez. Cuando levantó la vista y dejo ir a su hermana se dio cuenta de que Leandro estaba ya a su lado. Había cerrado la puerta con llave y colocado el letrero de *"Cerrado"*, tenía de la mano a una niñita de mirada angelical.

—¿Cali? —dijo Yesca venciendo el temor que se levantó en todo su cuerpo apenas divisó a Leandro y la pequeña.

La niña se soltó de la mano de Leandro y avanzó hasta Calliope, la llamó por su nombre: «mami», mientras su hermana la cargaba para protegerla.

—Esta es Cali —dijo fingiendo cordura—. Cali, cariño, estos son unos tíos que han venido a visitarnos. Esta es la tía Jessica…

—Yesca.

—La tía Yesca… y el tío…

—Leandro —dijo Leandro, acercándose sonriente para rozar la mejilla de la niña con sus dedotes.

Cali se hizo para un lado y Yesca se interpuso entre los dos.

—Dale un besito y un abrazo fuerte a tu tía Yesca —dijo Calliope, acercando a la niña hasta los brazos de Yesca.

La niña se soltó de Calliope para abrazar a Yesca.

—Qué linda eres —contestó Yesca, sintiendo que su cuerpo cansado recibía ese abrazo, esa sobredosis de amor y energía, y la llenaba de un optimismo que no sabía existiese. Las nubes en su mente despejaron y el sol salió en todo su resplandor, podía sentir el adviento de un futuro de paz y alegría.

Pasaron una semana entera disfrutando el reencuentro. Calliope se acostumbró a distinguir a su hermana debajo de la cara que se mandó a hacer con cirugías para disfrazar su identidad y Cali estaba embelesada con la tía viajera que le contaba historias del Japón y Argentina y Perú y otros lugares distantes que a ella le parecieron fascinantes y tan diferentes de la monotonía de su Yescali que quedaba tan lejos de todo.

A Leandro no se lo dijeron, pero él pudo adivinar que las dos mujeres eran hermanas y que el dinero que robaron el esposo de Yesca y el padre de ambas y que fue de inmediato transformado a lingotes de oro había sido luego convertido en todo un pueblo. Yescali era lo que estuvieron buscando.

A la noche del octavo día, Leandro se llevó a Yesca a una cena especial. Esa mañana Calliope lo ayudó a preparar el evento, ordenando la comida de un restaurante de lujo del pueblo y prestándole una da las casitas amobladas, que usaban para presentaciones de ventas, con el fin de que tuvieran privacidad. Pensando que el hombre le iría a pedir que se casara con ella, rompió su promesa de secreto a Leandro y se lo contó a Yesca. Su hermana, en cambio, sospechó que aquella comida se trataba de algo completamente diferente y se dispuso a ejecutar un plan que venía rumiando desde Lima.

Al atardecer, Leandro y Yesca se dirigieron a una de las casitas al final de la urbanización, donde todavía no había ni un solo vecino porque esa manzana estaba en construcción.

Pasaron horas comiendo, conversando acerca del futuro y haciendo el futuro. Los dos fingiendo que no existía nada que los pudiese separar. Pero al final de la cita Leandro decidió abrirse con Yesca y dejarle a ella el juicio de permitirle quedarse o no en su vida. Estaban tendidos sobre la cama, desnudos, relajados, cuando él decidió jugárselas y hablar. Yesca aparentó estar sorprendida por sus palabras, pero la verdad era que a esa hora ella ya había ejecutado la primera parte de su plan y así quisiera ya no podía dar marcha atrás.

—Nena… Yesca… Te tengo que decir algo… —susurró Leandro, todavía echado encima de la manta sobre la que minutos antes le juró su amor eterno—. Es algo que no te va a gustar. Y si después de lo que te voy a decir, quieres que me marche, entenderé.

Yesca se puso de costado para mirarlo mientras hablaba. Su mano acurrucando su rostro. Su piel iluminada por la luz de la luna llena que entraba por la ventana descubierta. Su cabello enmarañado por el ejercicio del sexo y el aire y la brisa marina que entraban a bocanadas cada cierto tiempo.

—¿Qué? —contestó y le pasó la lengua juguetona por el lóbulo de la oreja.

Leandro se rio y continuó, su corazón contrito pero seguro que recibiría la absolución de Yesca.

—Después de tu intento de suicidio, luego de que te trajeran a mi consulta, al poco tiempo recibí una visita de alguien a quien no había visto hace muchísimos años. Era mi hermano, mi gemelo, él sabía quién eras tú, qué es lo que te atormentaba, sabía lo del dinero y lo de tu hija, lo de tu papá y tu esposo que tuvieron la osadía de robarle a peligrosos mafiosos... todo. Sabía absolutamente todo. Lo que no sabía era cómo acceder al dinero en sí. Por eso me fue a buscar, porque yo le podría ayudar a encontrar lo que quería.

Yesca se sentó. Su cuerpo transpiraba. Lo que escuchaba de boca de Leandro era un giro en la historia que ella delineó en su mente.

—¡¿Tu hermano?! —exclamó sorprendida.

Leandro la miró triste y asintió.

—Y sí. Mi hermano gemelo... —concedió—. Entre tu amnesia, los hampones y mi gemelo, en serio que esto parece telenovela de lo más cliché...

Se miraron y casi sonrieron.

—¿Y por qué no le dijiste que no? —dijo Yesca. Tenía que encontrar la explicación completa.

—Mi hermano prometió que mandaría a matar a mi exesposa y a mi hija si yo no le ayudaba. Y entonces quedé en darle la información que demandaba... pero luego me enamoré de ti, y desde el Japón que no le envío ningún tipo de información. A mi ex y mi niña los saqué del país, les cambié de identidad para protegerlos, pero yo sé que tarde o temprano va a dar con nosotros, va a dar con todos y nos va a matar.

Leandro estaba sentado sobre la cama, había empezado a sollozar. Era la primera vez que Yesca lo veía así, tan vulnerable.

—La información de tu esposa y tu hija, de su paradero y sus nombres, la puedes compartir conmigo. Así sabes que alguien más la tiene en caso te pase algo. Si quieres la escribes en un papel y yo no la miro, solamente la escondemos en esta casa. Nadie la encontrará aquí por seguro —Yesca le dijo abrazándolo, acariciándolo en la espalda y la nuca, calmándolo.

—Pero... ¿Y nosotros? —suspiró Leandro—. Nosotros también estamos en peligro.

Yesca lo observó por un momento. Era claro que Leandro no era ya un riesgo de por sí. Le acarició la mejilla.

—Ahora que te has abierto conmigo, ten por seguro que yo también cuidaré de ti.

Leandro se limpió las lágrimas y sonrió agradecido.

—¿Me perdonás entonces?

Yesca asintió, se levantó en silencio y acercándose a la cómoda sirvió dos vasos de vino. Buscó dentro de su cartera y le echó algo a una de las copas. Luego volteó y le ofreció un brindis a Leandro.

El doctor Leandro se despertó en una cama de hospital. Sentía un dolor de cabeza demoledor. Trató de incorporarse para mirar a su alrededor, pero una punzada en la nuca lo tumbó de inmediato sobre la almohada. Se sentía confundido. El olor a medicina y lejía le dio náuseas y el vecino de habitación jugando naipes con sus amigos mientras tosía convulsivamente y escupía flema en un pañuelo amarillento lo asqueó. Sintió una arcada en la garganta y una repulsión mareante en las entrañas. Las venas en sus sienes palpitaban con fuerza y la ansiedad de no saber qué mierda estaba sucediendo lo inundó. Se llevó las manos a la cabeza e intentó mascullar algo, pero solo un sonido gutural accedió hasta sus labios.

Una enfermera se acercó cuando lo vio intentando zafarse de la intravenosa.

—¿Qué pasó, querido? —le dijo agachándose para acomodarle la jeringuilla en el brazo y la sonda a los pies de la cama.

Leandro se apaciguó. Recobró su compostura y la dejó hacer sin chistar.

—¿Cómo te llamás? —dijo con la mirada fija en el rostro de la bella caritativa que lo tenía hipnotizado desde que se acercó a su lecho y colocó su mano dulce y cálida sobre su brazo, calmando de inmediato su angustia.

Ella lo miró con compasión, casi con ternura. Sonrió suavemente y le contestó:

—Yesca.

—Yesca... Yesca... Qué lindo nombre —murmuró Leandro como en un ensueño—. Siento que te conozco de algún lado... ¿Te conozco? ¿Nos conocemos?

Ella negó con la cabeza.